W0023211

Amélie Nothomb

Quecksilber

Roman

Aus dem Französischen
von Wolfgang Krege

Diogenes

Titel der 1998
bei Albin Michel, Paris,
erschienenen Originalausgabe: ›Mercure‹

Umschlagillustration:
Gustav Klimt, ›Mäda Primavesi‹,
um 1912

Alles gegen E.

www.diogenes.ch
120/01/44/1
ISBN 3 257 06288 5

Hazels Tagebuch

Wer auf dieser Insel wohnt, muß etwas zu verbergen haben. Ich bin sicher, der Alte hat ein Geheimnis. Ich habe keine Ahnung, was es sein könnte; aber nach den Vorsichtsmaßnahmen zu urteilen, die er trifft, muß es etwas Ernstes sein.

Einmal täglich fährt ein kleines Boot aus dem Hafen von Nœud nach Mortes-Frontières. Die Männer des Alten warten dort am Landesteg und durchsuchen, was ankommt: Lieferungen, Post und auch die arme Jacqueline. Sie hat es mir erzählt, mit dumpfer Entrüstung: Welchen Verdacht könnte man gegen sie hegen, wo sie doch seit dreißig Jahren im Dienst des Alten steht? Das wüßte ich auch gern.

Dieses Boot habe ich nur einmal bestiegen, vor bald fünf Jahren. Es war nur die Hinfahrt, und manchmal glaube ich, die Rückfahrt wird nie stattfinden.

In meinen Selbstgesprächen nenne ich ihn immer nur »den Alten«; das ist ungerecht, denn das Alter ist nicht Omer Loncours wichtigste Eigenschaft. Der Kapitän ist der großmütigste Mensch, den ich kenne; ich verdanke ihm alles, sogar das Leben. Und dennoch, wenn meine innere Stimme unbefangen spricht, nennt sie ihn »den Alten«.

Eine Frage stelle ich mir immer wieder: Wäre es nicht besser gewesen, ich wäre vor fünf Jahren bei diesem Fliegerangriff umgekommen, der mich verunstaltet hat?

Manchmal kann ich mich nicht beherrschen und sage es dem Alten:

– Warum haben Sie mich nicht verrecken lassen, Kapitän? Warum haben Sie mich gerettet?

Das bringt ihn jedesmal auf:

– Wenn es möglich ist, nicht zu sterben, hat man die Pflicht, am Leben zu bleiben.

– Warum?

– Im Interesse der Lebenden, die dich lieben.

– Alle, die mich geliebt haben, sind bei dem Luftangriff umgekommen.

– Und ich? Ich habe dich vom ersten Tag an geliebt wie ein Vater. Seit fünf Jahren bist du nun meine Tochter.

Darauf gibt es nichts zu erwidern. Doch in meinem Kopf brüllt eine Stimme:

»Wenn Sie mein Vater sind, wie können Sie sich dann unterstehen, mit mir zu schlafen? Und außerdem sind Sie so alt, daß Sie eher mein Großvater als mein Vater sein könnten.«

Nie würde ich mich getrauen, etwas dergleichen zu ihm zu sagen. In bezug auf ihn fühle ich mich gespalten: Die eine Hälfte liebt, achtet und bewundert den Kapitän, die andere, die verborgene Hälfte ekelt sich vor dem Alten. Diese zweite wäre nicht imstande, sich laut zu äußern.

Gestern hatte er Geburtstag. Ich glaube, noch nie ist jemand so froh gewesen, siebenundsiebzig zu werden.

– 1923 ist eine wundervolle Jahreszahl, hat er gesagt. Am 1. März werde ich siebenundsiebzig, und am 31. März wirst du dreiundzwanzig. Ein fabelhafter Monat, dieser März 1923, der uns zusammen auf ein Jahrhundert bringt!

Dieses gemeinsame Jubiläum, das ihn so freut, macht mir eher Sorgen. Und wie ich befürchtet hatte, ist er gestern abend zu mir ins Bett gekommen: seine Art, den Geburtstag zu feiern. Ich wünschte, er wäre allein hundert: nicht, damit er bald stirbt, sondern damit er nicht mehr mit mir schlafen kann.

Was mich wahnsinnig macht, ist, daß er es fertigbringt, mich zu begehren. Was für ein Unhold muß einer sein, um mit einem Mädchen schlafen zu wollen, dessen Gesicht nichts Menschenähnliches mehr hat? Wenn er doch wenigstens das Licht ausknipsen würde! Aber nein, er verschlingt mich mit den Augen, während er mich liebkost.

– Wie können Sie mich nur ansehen, so wie ich bin? habe ich ihn diese Nacht gefragt.

– Ich schaue nur deine Seele an, und die ist so schön!

Diese Antwort regt mich auf. Er lügt. Ich weiß, wie häßlich meine Seele ist; sonst könnte ich keinen solchen Ekel vor meinem Wohltäter empfinden. Wenn meine Seele mir im Gesicht stünde, wäre ich noch abstoßender. In Wahrheit ist der Alte pervers: Gerade mein entstelltes Gesicht flößt ihm dieses heftige Verlangen nach mir ein.

Wie zänkisch meine innere Stimme schon wieder wird! Wie ungerecht von mir! Als der Kapitän mich aufgelesen hat, vor fünf Jahren, da dachte er sicher nicht, daß er mich irgendwann begehren würde. Ich war ein Häufchen Elend, eines unter Tausenden von Kriegsopfern, die starben wie die Fliegen. Meine Eltern waren umgekommen, und ich hatte nichts und niemanden mehr. Es ist ein Wunder, daß er mich in seine Obhut genommen hat.

In neunundzwanzig Tagen ist mein Geburtstag. Ich wollte, er wäre vorüber. Letztes Jahr hat mich der Alte bei diesem Anlaß zuviel Champagner trinken lassen; ich bin am nächsten Morgen nackt auf dem Walroßfell, das vor meinem Bett liegt, aufgewacht, ohne jede Erinnerung an die Nacht. Sich nicht dran erinnern zu können, macht es noch schlimmer. Und was wird er erst zu dieser scheußlichen Feier unseres Hundertjährigen mit mir anstellen?

Ich darf gar nicht dran denken, es macht mich krank. Ich glaube, ich muß gleich wieder erbrechen.

Am 2. März 1923 ließ die Oberin des Krankenhauses von Nœud ihre beste Schwester, Françoise Chavaigne, zu sich rufen.

– Ich weiß nicht, was ich Ihnen raten soll, Françoise. Dieser Kapitän ist ein alter Kauz. Wenn Sie einverstanden sind, nach Mortes-Frontières zu fahren und ihn dort zu versorgen, werden Sie über jede Erwartung gut bezahlt. Aber Sie müssen seine Bedingungen annehmen: Bei Ankunft des Bootes werden Sie durchsucht. Auch Ihre Tasche werden Sie aufmachen müssen. Und anscheinend werden Sie drüben dann noch andere Anweisungen erhalten. Ich könnte es verstehen, wenn Sie ablehnen. Trotz alledem glaube ich nicht, daß der Kapitän geradezu gefährlich ist.

– Ich bin einverstanden.

– Könnten Sie gleich heute nachmittag hinfahren? Es scheint dringend zu sein.

– Ich fahre.

– Lockt Sie der Verdienst so sehr, daß Sie gleich zusagen, ohne erst lange zu überlegen?

– Das auch. Aber vor allem der Gedanke, daß es auf dieser Insel jemanden gibt, der mich braucht.

Auf dem Boot wurde Françoise von Jacqueline vorbereitet:

– Sie werden durchsucht werden, mein Kind. Und zwar von Männern.

– Ist mir egal.

– Das würde mich wundern. Mich durchsuchen sie jeden Tag, seit dreißig Jahren. Ich sollte mich inzwischen dran gewöhnt haben, aber von wegen, es stört mich immer noch kein bißchen weniger. Und Sie, Sie sind obendrein noch jung und sehen nett aus, also kann man sich ja denken, was diese Schweine mit Ihnen –

– Ich sag Ihnen doch, es ist mir egal, fiel ihr die Krankenschwester ins Wort.

Jacqueline verzog sich brummend mit ihrer Einkaufstasche, während die junge Frau die immer näher kommende Insel betrachtete. Sie fragte sich, ob in solcher Einsamkeit zu wohnen ein Leben in vorzüglicher Freiheit gewährte oder ob man sich so nicht hoffnungslos einkerkerte.

Auf dem Landesteg von Mortes-Frontières wurde sie von vier Männern mit einer Kaltblütigkeit durchsucht, der nur ihre eigene gleichkam, sehr zur Enttäuschung der alten Dienerin, die sich ihrerseits knurrend unter den tastenden Händen wand. Dann wurden die Taschen beider Frauen ausgeräumt. Nach der Durchmusterung packte Françoise ihre Arzneien wieder ein, Jacqueline ihr Gemüse.

Zusammen gingen sie zu der Villa.

– Was für ein schönes Haus! sagte die Schwester.

– Das werden Sie bald anders sehen.

Ein altersloser Majordomus führte die junge Frau durch mehrere dunkle Räume. Er zeigte ihr eine Tür und sagte: »Da hinein!« Dann machte er kehrt.

Sie klopfte an, und jemand sagte: »Herein!« Sie betrat eine Art Rauchsalon. Ein alter Herr wies ihr einen Stuhl an, und sie nahm Platz. Es dauerte eine Weile, bis sie sich an das schwache Licht gewöhnt hatte und das furchige Gesicht des Hausherrn erkennen konnte. Er dagegen sah ihres gleich deutlich genug.

– Mademoiselle Françoise Chavaigne, nicht wahr? fragte seine ruhige, gemessene Stimme.

– Ja.

– Ich danke Ihnen, daß Sie so schnell gekommen sind. Sie werden es nicht bereuen.

– Es scheint, ich soll hier noch einige Anweisungen erhalten, ehe ich Sie pflegen kann.

– Richtig. Aber tatsächlich kommen Sie nicht meinetwegen. Wenn Sie erlauben, fange ich am besten gleich mit den Anweisungen an, oder vielmehr mit der Anweisung, denn es gibt nur eine: keine Fragen zu stellen.

– Es ist nicht meine Art, viel zu fragen.

– Das glaube ich, denn Ihr Gesicht zeigt viel Verstand. Sollte ich Sie je bei einer nicht strikt zweckgebundenen Frage ertappen, könnten Sie nie wieder nach Nœud zurückkehren. Verstehen Sie?

– Ja.

– Sie sind nicht gefühlig. Das ist gut. Von der Person, die Sie pflegen sollen, kann man das nicht sagen. Es handelt sich um meine Pflegetochter Hazel, ein junges Mädchen, das ich vor fünf Jahren bei mir aufgenommen habe, nach einem Bombenangriff, bei dem ihre Angehörigen umgekommen waren und sie selbst eine sehr schwere Verletzung erlitten hatte. Heute ist sie zwar körperlich im wesentlichen wieder gesund, doch ihr seelischer Zustand ist so prekär, daß sie ständig mit psychosomatischen Beschwerden zu tun hat. Heute vormittag traf ich sie in Krämpfen an. Sie hatte erbrochen, sie fröstelte.

– Praktische Frage: Hatte sie etwas Besonderes gegessen?

– Dasselbe wie ich, und mir geht es wunderbar. Frischen Fisch, Suppe... Allerdings, sie ißt kaum etwas. Daß sie erbricht – sie ist doch schon so schmächtig – macht mich sehr unruhig. Mit fast dreiundzwanzig Jahren hat sie noch immer den Körperbau einer Halbwüchsigen. Sprechen Sie mit ihr vor allem nicht über den Luftangriff, über den Tod ihrer Eltern und alles, was diese furchtbaren Erinnerungen in ihr wachrufen könnte. Ihre Nerven sind von einer Empfindlichkeit, das können Sie sich nicht vorstellen.

– Gut.

– Noch eines: Vermeiden Sie unbedingt jede Bemerkung über ihr Aussehen, so ungewöhnlich es auch ist. Das verträgt sie nicht.

Françoise stieg mit dem alten Herrn eine Treppe hinauf, deren Stufen unter jedem Schritt gequält aufstöhnten. Am Ende eines Korridors kamen sie in ein stilles Zimmer. Das leere Bett war zerwühlt.

– Ich möchte Sie mit Hazel bekannt machen, sagte der Hausherr.

– Wo ist sie denn? fragte die junge Frau.

– Sie haben sie vor sich, im Bett. Wie gewöhnlich verbirgt sie sich unter der Decke.

Die neu Angekommene dachte, daß die Kranke wahrhaftig dünn wie ein Strich sein mußte, denn der Bettdecke war nicht anzusehen, daß jemand darunterlag. Es war merkwürdig, wie der Alte zu einem Bett sprach, das leer zu sein schien.

– Hazel, ich möchte dich mit Mademoiselle Chavaigne bekannt machen, der besten Schwester aus dem Krankenhaus von Nœud. Sei nett zu ihr!

Die Bettdecke verriet keine Reaktion.

– Gut. Ich habe den Eindruck, daß sie uns die Scheue vorspielt. Mademoiselle, ich lasse Sie nun mit meiner Pflegetochter allein, damit Sie mit ihr Bekanntschaft machen können. Keine Angst, sie ist nicht bösartig. Kommen Sie wieder zu mir ins Rauchzimmer, wenn Sie fertig sind.

Der Kapitän verließ das Zimmer. Man hörte die Treppe unter seinen Tritten knarren. Als es wieder ganz still war, trat Françoise ans Bett und streckte die Hand aus, um das Federbett zurückzustreifen. Im letzten Augenblick hielt sie inne.

– Verzeihen Sie, darf ich Sie bitten, unter der Decke hervorzukommen? sagte sie in neutralem Ton. Sie zog es vor, das Mädchen, das man ihr als krank bezeichnet hatte, wie einen normalen Menschen zu behandeln.

Keine Antwort, kaum eine Bewegung unter der Decke, aber nach einigen Sekunden kam ein Kopf zum Vorschein.

Im Rauchsalon trank der Alte einen Calvados, der ihm in der Kehle brannte. »Warum ist es unmöglich, jemandem etwas Gutes zu tun, ohne ihm weh zu tun? Warum ist es unmöglich, jemanden zu lieben, ohne ihn zu vernichten? Angenommen, diese Schwester begreift nicht… Hoffentlich werde ich diese Mademoiselle Chavaigne nicht beseitigen müssen. Sie macht mir einen sehr guten Eindruck.«

Als Françoise das Gesicht des jungen Mädchens erblickte, traf sie der Schock. Ihren Anweisungen gemäß ließ sie es sich nicht anmerken.

– Guten Tag! Ich heiße Françoise.

Das aus den Laken aufgetauchte Gesicht verschlang sie mit Blicken voller Neugier.

Es fiel der Schwester nicht leicht, die Fassung zu bewahren. Sie legte der Kranken ihre kalte Hand auf die Stirn. Sie glühte.

– Wie fühlen Sie sich? fragte sie.

Eine Stimme, klar wie ein Bergquell, antwortete:

– Sie können sich gar nicht vorstellen, wie ich mich freue. Ich treffe so selten jemand. Hier sehe ich jeden Tag immer nur dieselben Gesichter. Und auch die sehe ich kaum einmal.

Auf solche Mitteilungen war die junge Frau nicht gefaßt. Verunsichert stellte sie klar:

– Nein, ich meine, wie fühlen Sie sich gesundheitlich? Anscheinend haben Sie Fieber.

– Ich glaube, ja. Das ist mir recht so. Heute morgen ging es mir schlecht, sehr schlecht: Schwindelgefühl, Schüttelfrost, Erbrechen. Aber jetzt zeigt sich das Fieber nur noch von seiner guten Seite, mit Visionen, die mich befreien.

Françoise hätte beinah gefragt: »Die Sie wovon befreien?« Aber sie vergaß nicht, daß ihre Fragen sich auf das für die Behandlung Erforderliche beschränken mußten. Vielleicht wurde sie durch eine Zwischenwand überwacht. Sie nahm das Thermometer heraus und steckte es der Patientin in den Mund.

– Nun müssen wir fünf Minuten warten.

Sie setzte sich auf einen Stuhl. Die fünf Minuten schienen kein Ende nehmen zu wollen. Die junge Frau ließ sie nicht aus den Augen; ein unlöschbarer Durst sprach aus ihnen. Um ihre Erschütterung zu verbergen, gab sich die Schwester den Anschein, als betrachte sie die Möbel. Auf dem Boden lag ein Walroßfell. »Komische Idee«, dachte sie. »Sieht eher wie Kautschuk als wie ein Teppich aus.«

Als die dreihundert Sekunden verstrichen waren, nahm sie das Thermometer wieder an sich. Sie machte schon den Mund auf, um zu sagen: Achtunddreißig, nicht schlimm! Ein Aspirin, und es vergeht, als eine unbegreifliche Eingebung sie davon abhielt.

– 39,5. Das ist schlimm! log sie.

– Wunderbar! Glauben Sie, ich werde sterben?

Françoise antwortete mit Entschiedenheit:

– Nein, warten wir ab! Und Sie dürfen nicht sterben wollen.

– Wenn ich schwer krank bin, werden Sie dann wiederkommen müssen? fragte Hazel im Ton angespannter Hoffnung.

– Vielleicht.

– Das wäre herrlich. Ich habe schon so lange mit niemandem, der jung ist, mehr gesprochen.

Die Schwester ging wieder zu dem Alten im Rauchsalon.

– Monsieur, Ihre Pflegetochter ist krank. Sie hat hohes Fieber, und ihr allgemeiner Zustand ist besorgniserregend. Ihr droht eine Pleuritis, wenn sie nicht behandelt wird.

Das Gesicht des Kapitäns wurde schlaff.

– Heilen Sie das Mädchen, ich bitte Sie darum!

– Besser wäre es, wenn sie ins Krankenhaus käme.

– Daran ist nicht zu denken. Hazel bleibt hier.

– Man muß die junge Frau sehr genau im Auge behalten.

– Würde es nicht genügen, wenn Sie jeden Tag nach Mortes-Frontières kämen?

Sie schien es sich zu überlegen.

– Ich könnte jeden Nachmittag kommen.

– Danke! Sie werden es nicht bereuen. Wie man Ihnen gewiß schon gesagt hat, zahle ich ein sehr ansehnliches Honorar. Nur dürfen Sie die Bedingung nicht vergessen.

– Ich weiß: keine Fragen außer den für die Behandlung erforderlichen.

Sie machte kehrt und ging noch einmal zu ihrer Pflegebefohlenen.

– Es ist abgemacht: Ich werde jeden Nachmittag kommen und mich um Sie kümmern.

Hazel nahm ihr Kopfkissen und hämmerte unter Freudenschreien mit den Fäusten hinein.

Nach Nœud zurückgekehrt, begab sich die junge Frau zu der Oberin.

– Dem Kapitän droht eine Pleuritis. Meinen Vorhaltungen zum Trotz weigert er sich, ins Krankenhaus zu gehen.

– Wie üblich. Die alten Leute graut es vor dem Krankenhaus. Sie haben zuviel Angst, nie wieder rauszukommen.

– Er bittet mich, jeden Nachmittag auf seine Insel zu kommen, um ihn zu betreuen. Ich ersuche Sie, mir jeden Tag von zwei bis sechs Uhr abends freizugeben.

– Es steht Ihnen frei, Françoise. Hoffentlich wird der

Herr bald wieder gesund: Ich kann Sie hier schwer entbehren.

– Darf ich Sie eines fragen? In welcher Form hat er seinen Pflegewunsch ausgesprochen?

– Ich weiß es nicht mehr genau, nur noch, daß er auf zwei Dinge Wert gelegt hat: Er bestand darauf, daß es eine Pflegerin sein müsse und nicht ein Pfleger; und außerdem dürfe die Pflegerin keine Brillenträgerin sein.

– Warum das?

– Muß ich Ihnen das erst erklären? Die Herren lassen sich immer lieber von einer Dame versorgen. Und meistens glauben sie auch, daß eine Brille häßlich macht. Ich kann mir vorstellen, daß Ihr Kapitän begeistert war, als er gesehen hat, wie hübsch Sie sind – und das wird einer der Gründe sein, warum er möchte, daß Sie jeden Tag wiederkommen.

– Er ist tatsächlich sehr krank, Madame.

– Das ist kein Hinderungsgrund. Ich bitte Sie, lassen Sie sich nicht wegheiraten! Ich würde nicht gern meine beste Mitarbeiterin verlieren.

Nachts in ihrem Bett konnte Françoise lange nicht einschlafen. Was ging da nur vor, auf dieser Insel? Es schien klar zu sein, daß sich zwischen dem Alten und dem jungen Mädchen irgend etwas Sonderbares abspielte. Nicht ausgeschlossen, daß es etwas Sexuelles war, obwohl der Mann das Alter, in dem dergleichen zu erwarten wäre, längst hinter sich zu haben schien.

Aber das konnte nicht des Rätsels ganze Lösung sein. Denn schließlich war es vielleicht ein bißchen geschmacklos, wenn die beiden miteinander schliefen, aber kein Verbrechen: Hazel war mündig, und Blutsverwandtschaft bestand nicht. Das Mädchen machte auch nicht den Eindruck, als wäre ihm Gewalt angetan worden. Kurz, wenn die Schwester annahm, daß der Kapitän vielleicht ein sexuelles Verhältnis verheimlichen wollte, blieb ihr doch unverständlich, warum er ihr gleich mit dem Tod gedroht hatte.

Der Zustand des jungen Mädchens überraschte sie: Der Alte hatte es ihr als traumatisiertes, chronisch leidendes Kriegsopfer beschrieben; und in der Tat kam es dem nahe. Aber dabei war das Mädchen auch von einer erstaunlichen Fröhlichkeit, einer kindlichen Begeisterung, die Françoise gefielen und den Wunsch in ihr weckten, die Kleine wiederzusehen.

Françoise stand auf, um ein Glas Wasser zu trinken. Aus dem Fenster ihrer Kammer konnte sie aufs nächtliche Meer hinaussehen. Sie blickte in die Richtung der Insel, die im Dunkeln verborgen lag. Sie spürte eine merkwürdige Gefühlsregung, als sie sich den Satz wiederholte, den sie zu der Oberin gesagt hatte: »Da drüben ist jemand, der mich braucht.«

Ein Schauer überlief sie, als sie wieder an Hazels Gesicht dachte.

Am nächsten Nachmittag hatte sich das junge Mädchen nicht unter der Decke versteckt; sie empfing die Schwester im Bett aufgesetzt. Sie machte ein freundlicheres Gesicht als am Tag zuvor und begrüßte sie mit einem aufgeräumten »Bonjour!«.

Françoise nahm ihre Temperatur. »37. Sie ist geheilt. Es war nur ein flüchtiges Fieber.«

– 39, sagte sie.

– Ist das die Möglichkeit? Ich fühle mich doch ganz wohl.

– Das ist oft so, wenn man Fieber hat.

– Der Kapitän hat mir gesagt, ich könnte eine Pleuritis bekommen.

– Das hätte er Ihnen nicht sagen sollen.

– Im Gegenteil, er hat recht getan! Es freut mich, daß ich so schwer krank bin, um so mehr, als ich nicht drunter leide. Alle Vorteile einer Krankheit ohne die Unannehmlichkeiten. Jeden Tag von einem sympathischen Mädchen wie Ihnen Besuch zu bekommen – etwas Besseres könnte ich mir nicht träumen lassen.

– Ich weiß nicht, ob ich so sympathisch bin.

– Sie können nur gut sein, sonst kämen Sie nicht her. Abgesehen von meinem Pflegevater besucht mich hier sonst niemand. Niemand hat den Mut. Und obendrein kann ich diese Memmen auch noch gut verstehen: Auch ich hätte an ihrer Stelle eine Höllenangst.

Warum, hätte die Pflegerin allzu gern gefragt, aber sie befürchtete, daß die Wände Ohren hatten.

– Sie dagegen, für Sie ist das was anderes. In Ihrem Beruf ist man an solch einen Anblick gewöhnt.

Ganz verzweifelt, weil sie keine Fragen stellen durfte, machte die junge Frau sich daran, ihre Spritzbestecke zu ordnen.

– Daß Sie Françoise heißen, gefällt mir. Der Name paßt wunderbar zu Ihnen: Er ist schön und klingt so ernsthaft.

Die Pflegerin war einen Moment verdutzt, dann mußte sie laut lachen.

– Es stimmt! Warum lachen Sie? Sie sind schön und ernsthaft.

– Aha!

– Wie alt sind Sie? Ach, ich weiß, ich frage indiskret. Seien Sie mir nicht böse, ich weiß nicht, was sich gehört.

– Dreißig.

– Sind Sie verheiratet?

– Unverheiratet, keine Kinder. Sie sind ziemlich neugierig, Mademoiselle.

– Sagen Sie Hazel zu mir! Ja, ich verzehre mich vor Neugier. Das hat seine Gründe. Sie können sich nicht vorstellen, wie einsam ich hier bin, seit fünf Jahren. Sie können sich nicht vorstellen, was für eine Freude es für mich ist, mit Ihnen zu reden. Haben Sie den *Graf von Monte Christo* gelesen?

– Ja.

– Ich bin in derselben Lage wie Edmond Dantès im Château d'If. Nachdem ich jahrelang kein menschliches Gesicht mehr gesehen habe, grabe ich einen Gang bis zur Nachbarzelle. Sie sind der Abbé Faria. Ich weine vor Glück, nicht mehr allein zu sein. Wir verbringen ganze Tage damit, uns Geschichten zu erzählen, uns belanglose Dinge zu sagen, die uns entzücken, weil solche schlicht menschlichen Äußerungen uns so lange gefehlt haben, daß wir schier krank wurden.

– Sie übertreiben. Den Kapitän sehen Sie doch jeden Tag.

Das junge Mädchen lachte nervös auf, dann sagte es:

– Ja.

Die Pflegerin wartete auf ein Bekenntnis, das ausblieb.

– Was wollen Sie mit mir machen? Mich abhorchen? Denken Sie an eine bestimmte Behandlung?

Françoise sagte aufs Geratewohl:

– Ich werde Sie massieren.

– Mich massieren? Gegen eine drohende Pleuritis?

– Die Wirksamkeit der Massage wird unterschätzt. Ein guter Masseur kann die toxischen Säfte aus dem Körper zum Abfluß bringen. Drehen Sie sich auf den Bauch!

Sie bearbeitete den Rücken der Patientin. Durch das weiße Nachthemd hindurch spürte sie, wie mager das Mädchen war. Gewiß, die Massage hatte keinen anderen Zweck als den, die Verlängerung ihres Aufenthalts bei Hazel zu rechtfertigen.

– Können wir reden, während Sie mich massieren?

– Natürlich.

– Erzählen Sie mir von Ihrem Leben!

– Da gibt es nicht viel zu erzählen.

– Erzählen Sie trotzdem!

– Ich bin in Nœud geboren und habe immer dort gelebt. Die Schwesternausbildung habe ich in dem Krankenhaus erhalten, wo ich jetzt arbeite. Mein Vater war Hochseefischer, meine Mutter Lehrerin. Ich lebe gern am Meer. Ich sehe gern die Schiffe in den Hafen einlaufen. Das gibt mir das Gefühl, die Welt zu kennen. Aber ich bin noch nie auf Reisen gegangen.

– Herrlich!

– Sie machen sich über mich lustig.

– Nein! Was für ein schönes und einfaches Leben!

– Tatsächlich, ich liebe dieses Leben. Vor allem liebe ich meinen Beruf.

– Welches ist Ihr innigster Wunsch?

– Eines Tages würde ich gern mit dem Zug bis nach Cherbourg fahren. Da würde ich an Bord eines großen Dampfers gehen und sehr weit wegfahren.

– Komisch, ich habe das Gegenteil dessen erlebt, wovon Sie träumen. Als ich zwölf war, hat ein großer Dampfer mich und meine Eltern von New York nach Cherbourg gebracht. Von da ging es mit dem Zg weiter nach Paris. Dann nach Warschau.

– Warschau... New York..., wiederholte Françoise beeindruckt.

– Mein Vater war Pole. Er war nach New York ausgewandert und dort ein reicher Geschäftsmann geworden. Ende des letzten Jahrhunderts hat er in Paris eine junge Französin kennengelernt und sie geheiratet, meine Mutter. Sie ist ihm nach New York gefolgt, und da bin ich geboren.

– Sie gehören also drei Nationen an! Das ist außergewöhnlich.

– Zweien. Gewiß, seit 1918 könnte ich wieder Polin sein. Aber seit einem Luftangriff von 1918 bin ich gar nichts mehr.

Die Pflegerin erinnerte sich daran, daß vermieden werden mußte, von jenem verhängnisvollen Luftangriff zu sprechen.

– Mein Leben, so kurz es ist, führte ständig bergab. Bis ins zwölfte Jahr war ich Hazel Englert, eine kleine New Yorker Prinzessin. 1912 ist das Geschäft meines Vaters pleite gegangen. Mit dem wenigen, das wir noch hatten, sind wir über den Atlantik gefahren. Papa hoffte, den Familienbesitz unweit von Warschau wieder übernehmen zu können. Alles, was davon blieb, war ein elender Bauernhof. Meine Mutter hat zur Rückkehr nach Paris gedrängt, da sie dachte, daß das Leben dort leichter wäre. Schließlich fand sie dort Arbeit als Waschfrau. Mein Vater fing an zu trinken. Und dann kam 1914, und meine Eltern begriffen, daß es klüger gewesen wäre, in den Vereinigten Staaten zu bleiben. In ihrem erschreckenden Mangel an historischem Sinn beschlossen sie zuletzt, dorthin zurückzukehren – und das 1918! Diesmal ging es mit dem Handkarren in Richtung Cherbourg. Auf einer fast leeren Landstraße ohne jede Deckung gegen Fliegerangriffe. Als ich wieder zu mir kam, war ich Waise und lag auf einer Tragbahre.

– In Nœud?

– Nein, in Tanches, nicht weit von hier. Dort hat der Kapitän mich gefunden und zu sich genommen. Ich frage mich, was ohne seinen Schutz aus mir geworden wäre. Ich hatte nichts und niemanden mehr.

– 1918 waren viele in derselben Lage.

– Aber verstehen Sie, bei dem, was mir passiert war, hatte ich gar keine Chance, wieder hinauszufinden. Mein Beschützer hat mich nach Mortes-Frontières mitgenommen, und von hier bin ich nicht wieder weggekommen. Was mich an meinem Leben stutzig macht, ist die fortschreitende geographische Einengung. Von den unermeßlich weiten Ausblicken New Yorks bis in dieses Zimmer, das ich kaum mehr verlasse, in streng folgerichtiger Abstufung: aus einem Dorf in Polen in die ärmliche Pariser Wohnung, vom Transatlantik-Dampfer bis zu dem Fährboot, mit dem ich hierherkam, und vor allem schließlich von den großen Hoffnungen meiner Kindheit bis zu diesen Tagen ohne jeden Horizont.

– Mortes-Frontières, ein treffender Name für die Insel.

– Und wie! Eigentlich hat mein Weg mich von der weltoffensten zur weltabgeschiedensten Insel geführt, von Manhattan nach Mortes-Frontières.

– Trotzdem, faszinierend, was Sie alles erlebt haben!

– Gewiß. Aber ist es denn normal in meinem Alter, in der Vergangenheit zu reden? Nichts mehr zu haben als eine Vergangenheit?

– Sie werden sehen, Sie haben auch eine Zukunft. Sie werden sicher wieder gesund.

– Ich spreche doch nicht von meiner Gesundheit, fiel Hazel ärgerlich ein. Ich spreche von meinem Aussehen.

– Ich sehe nicht, wo das Problem liegt...

– Doch, Sie sehen es! Sinnlos zu lügen, Françoise. Auf Ihre schwesterliche Freundlichkeit falle ich nicht herein. Ich habe Ihre Miene genau beobachtet, als Sie gestern zum ersten Mal mein Gesicht gesehen haben: Es war ein Schock für Sie. So professionell Sie auch sind, das konnten Sie nicht verbergen. Glauben Sie nicht, daß ich Ihnen daraus einen Vorwurf mache: Ich an Ihrer Stelle, ich hätte geschrien.

– Geschrien!

– Finden Sie das übertrieben? So jedenfalls habe ich reagiert, als ich mich das letzte Mal im Spiegel gesehen habe. Wissen Sie, wann das war?

– Wie sollte ich?

– Am 31. März 1918. An meinem 18. Geburtstag – in einem Alter, wo man sich hübsch finden möchte. Der Fliegerangriff war Anfang Januar gewesen, meine Verletzungen waren inzwischen vernarbt. Seit drei Monaten war ich auf Mortes-Frontières, und das Fehlen von Spiegeln im Haus, das Sie vielleicht schon bemerkt haben, gab mir zu denken. Ich habe den Kapitän darauf angesprochen; er hat gesagt, er habe alle Spiegel entfernen lassen. Warum, habe ich gefragt, und da hat er mir verraten, was ich noch nicht wußte: daß ich entstellt bin.

Die Hände der Pflegerin auf dem Rücken des jungen Mädchens erstarrten.

– Bitte, hören Sie nicht auf, mich zu massieren, es beruhigt mich. Ich habe ihn angefleht, mir einen Spiegel zu bringen; er hat sich beharrlich geweigert. Ich habe ihm gesagt, ich wolle mir über das Ausmaß des Schadens klarwerden, und er hat geantwortet, das solle ich lieber nicht. An meinem Geburtstag habe ich geweint: Ist es nicht normal, daß eine Achtzehnjährige mal ihr Gesicht sehen will? Der Kapitän hat seufzend nachgegeben, einen Spiegel geholt und ihn mir hingehalten: Und da habe ich die unförmige Abscheulichkeit entdeckt, die ich anstelle des Gesichts habe. Geschrien habe ich, geschrien! Ich habe verlangt, daß der Spiegel vernichtet werde; er sollte als letzter seiner Art eine solche Ungeheuerlichkeit gezeigt haben. Der Kapitän hat ihn zerschlagen. Es war die edelste Tat seines Lebens.

Die Patientin begann vor Wut zu heulen.

– Hazel, beruhigen Sie sich doch, ich bitte Sie!

– Keine Sorge! Ich kann mir denken, daß Sie Anweisung haben, nicht über mein Aussehen zu sprechen. Wenn man mich in diesem Zustand überrascht, werde ich die Wahrheit sagen, nämlich daß Sie nichts dafürkönnen und ich dieses

Thema von mir aus angeschnitten habe. Besser, ich erkläre Ihnen gleich, warum ich so bin und wie mich das zum Wahnsinn treibt. Ja, es macht mich wahnsinnig!

– Schreien Sie nicht! sagte Françoise streng.

– Entschuldigen Sie! Wissen Sie, was ich besonders ungerecht finde? Daß es ausgerechnet ein hübsches Mädchen treffen mußte. Denn so schwer man sich das jetzt auch vorstellen kann, ich war einmal sehr ansehnlich. Wenn ich vor dem Fliegerangriff schon eine Schreckschraube gewesen wäre, dann wäre ich jetzt sicher weniger unglücklich.

– Das dürfen Sie nicht sagen.

– Bitte, und wenn ich unrecht habe, ich sag es trotzdem! Ich weiß, ich sollte dem Himmel danken, daß ich achtzehn Jahre ein hübsches Mädchen sein durfte. Ich gestehe, das bring ich nicht fertig. Die Blindgeborenen ertragen anscheinend ihr Schicksal besser als die Blinden, die das Augenlicht erst in einem Alter verloren haben, an das sie sich erinnern können. Das kann ich gut verstehen: Ich wüßte auch lieber nichts von dem, was ich nicht mehr habe.

– Hazel...

– Keine Sorge, mir ist klar, daß ich ungerecht bin. Mir ist auch klar, was ich für ein Glück habe: in einem Haus untergekommen zu sein, das wie eigens für mich gebaut zu sein scheint, ohne Spiegel und ohne die kleinste spiegelnde Fläche. Haben Sie bemerkt, wie hoch die Fenster angebracht sind? So daß man sich nirgendwo in einer Scheibe sehen kann. Wer dies Haus gebaut hat, muß verrückt gewesen sein. Wozu wohnt man am Meer, wenn man keinen Ausblick darauf haben will? Der Kapitän weiß nicht, wer der Architekt war. Er selbst hat sich gerade deshalb hier niedergelassen, weil er das Meer verabscheut.

– Dann könnte er doch besser irgendwo mitten im Jura wohnen.

– Das hab ich ihm auch gesagt. Er hat geantwortet, sein Haß auf das Meer sei von der Art, die der Liebe nahekommt: »Weder mit dir noch ohne dich.«

Die Pflegerin wollte schon fragen: Warum dieser Haß? In letzter Sekunde erinnerte sie sich ihrer Anweisung.

– Wenn es nur die Spiegel wären! Oder die Fensterscheiben! Aber ich darf auch nie ein Bad nehmen, ohne daß zuvor das Wasser mit parfümiertem Öl getrübt worden ist. Kein Möbelstück mit glänzenden Intarsien, keine Spur von Lack. Bei Tisch trinke ich aus einem mattgeschliffenen Glas und esse mit einem Besteck aus zerkratztem Metall. Wenn man mir Tee eingießt, ist immer schon Milch drin. Man könnte lachen über all diese peinlich genauen Vorkehrungen, wenn nicht durch sie das Ausmaß meiner Entstellung so dick unterstrichen würde. Haben Sie in Ihrem Beruf schon mal von einem ähnlichen Fall gehört? Von einem Geschöpf, dessen Anblick so entsetzlich war, daß man es vor seinem eigenen Spiegelbild schützen mußte?

Sie fing an zu lachen wie eine Besessene. Die Pflegerin injizierte ihr ein starkes Beruhigungsmittel, das sie einschläferte. Sie deckte sie zu und ging.

Als sie gerade das Haus ungesehen verlassen wollte, rief der Kapitän:

– Sie wollen gehen, ohne mir auf Wiedersehen zu sagen, Mademoiselle?

– Ich wollte Sie nicht stören.

– Ich begleite Sie bis zum Landesteg.

Unterwegs fragte er sie nach dem Befinden der Kranken.

– Das Fieber ist ein bißchen zurückgegangen, aber ihr Zustand ist immer noch kritisch.

– Sie kommen doch jeden Tag wieder, nicht wahr?

– Ja, sicher.

– Sie müssen sie heilen, verstehn Sie? Unbedingt!

Als Françoise Chavaigne nach Nœud zurückkam, machte sie ein Gesicht, wie man es bei ihr noch nie gesehen hatte. Es wäre schwierig gewesen, den Ausdruck zu entziffern, er hatte etwas von höchster Erregung, Nachdenklichkeit, freudigem Eifer und Benommenheit.

Im Krankenhaus sagte eine Kollegin zu ihr:

– Du siehst aus wie ein Chemiker am Vorabend einer großen Entdeckung.

– So ist es, sagte sie lächelnd.

Jeden Abend saßen der Kapitän und seine Pflegetochter miteinander bei Tisch. So gesprächig sich das Mädchen gegenüber Françoise zeigte, so schweigsam blieb es in Gesellschaft des Alten. Es begnügte sich mit einsilbigen Antworten auf seine wenigen Fragen.

– Wie fühlst du dich, Kind?

– Gut.

– Hast du deine Medizin genommen?

– Ja.

– Noch ein bißchen von der Kruste?

– Nein danke.

– Sie kommt mir tüchtig vor, deine Pflegerin. Bist du mit ihr zufrieden?

– Ja.

– Obendrein ist sie auch noch hübsch, was ja nicht schaden kann.

– Stimmt.

Dann redeten sie weiter nichts mehr. Den Kapitän störte es nicht, denn er liebte diese Stille. Er ahnte nicht, daß seine Schutzbefohlene diese gemeinsamen Mahlzeiten verabscheute. Lieber hätte sie in ihrem Zimmer gefastet, als diese Tischgemeinschaft ertragen zu müssen. Sie haßte die Momente, in denen er redete, und noch mehr haßte sie es, wenn er schwieg: Aus Gründen, über die sie sich nicht klarwerden konnte, fand sie die Wortkargheit dieses über seinen Teller gebeugten Alten finster wie das Grab.

Es kam vor, daß er sie nach der Mahlzeit aufforderte, ihn in den Salon zu begleiten. Dann zeigte er ihr alte Bücher, Enzyklopädien aus dem verflossenen Jahrhundert und Weltkarten. Er erzählte ihr von seinen Reisen. Manchmal erwähnte er seine Kämpfe mit patagonischen Piraten oder seine Abenteuer als Blockadebrecher im Chinesischen Meer. Sie wußte nie recht, ob es Lügengeschichten waren oder nicht. Es war ihr auch nicht wichtig, denn in jedem Fall waren es wundervolle Geschichten. Er schloß mit den Worten:

– Und ich bin immer noch am Leben.

Dann lächelte er ihr zu und schaute, ohne mehr zu reden, ins Feuer. Und seltsamerweise waren dies Augenblicke, die sie sehr beglückten.

Hazels Gesicht hellte sich auf. »Da sind Sie endlich!« konnte man darin lesen. Die Pflegerin dachte, daß noch niemand sie bei einem Besuch mit so freudiger Miene empfangen habe.

Sie steckte der Patientin das Thermometer in den Mund. Dreimalige Wiederholung genügt, um eine Handlung zum Ritus zu erheben; und zum Ritus gehörte auch das Abwarten der fünf Minuten, während deren sie beide, jede auf ihre Weise, die andere ansahen, die ihrem Blick auswich. Und dann log die Pflegerin wieder:

– 39. Stationär.

– Gut. Massieren Sie mich!

– Moment bitte. Ich bräuchte ein Becken. Wo kann ich eines bekommen?

– In der Küche, vermutlich.

– Und die ist wo?

– Im Untergeschoß. Sie werden den Kapitän bitten müssen, Ihnen zu öffnen, denn die Küche ist abgeschlossen. Sie können sich's denken: all die Töpfe und Pfannen, in denen ich mich sehen könnte.

Françoise ging zu dem Alten, den ihr Wunsch in Verlegenheit zu setzen schien:

– Ein Becken? Wozu denn?

– Für einen Einlauf.

– Meiner Treu, schwer vorstellbar, daß eine feine junge Dame wie Sie einen Einlauf vornimmt! Warten Sie hier einen Moment, wenn es Ihnen recht ist!

Zehn Minuten später kam er wieder herauf, mit besorgter Miene.

– Ein Becken haben wir nicht. Ginge es auch mit einer Schüssel?

– Gewiß.

Erleichtert stieg er wieder hinunter. Bald brachte er ihr eine Schüssel aus grobem, unglasiertem Steingut. Françoise bedankte sich und kehrte ins Zimmer zurück. »Ich laß mir die Hand abhacken«, dachte sie, »wenn es in diesem Haus keine Becken gibt. Aber diese Schüssel spiegelt nicht.«

– Wozu soll dieses Gefäß denn dienen? fragte Hazel.

– Zu einem Einlauf.

– Nein, Erbarmen, mir graut vor so was!

Die Pflegerin überlegte ein paar Sekunden, dann antwortete sie:

– Also, wenn der Kapitän Sie auf diesen Einlauf anspricht, dann tun Sie so, als hätte ich ihn durchgeführt.

– Einverstanden.

– Könnte ich jetzt für einen Augenblick Ihr Badezimmer benutzen?

Die Pflegerin schloß sich darin ein. Das Mädchen hörte Wasser laufen. Dann kam Françoise wieder und begann ihre Patientin zu massieren.

– Wissen Sie, daß ich an Ihrer Massage allmählich Gefallen finde? Sie ist sehr wohltuend.

– Um so besser, denn sie wirkt ausgezeichnet gegen das, was Sie haben.

– Was sagen Sie zu meinem Badezimmer?

– Nichts.

– Hören Sie! Ich bin sicher, so eines haben Sie noch nie gesehen. Kein Waschbecken, keine Wanne, nichts, was das Wasser halten kann. Aus den Hähnen fließt das Wasser direkt über den abgeschrägten Boden und entweicht durch ein Loch in eine Abflußrinne. Sehr praktisch, wenn man sich waschen will! Meistens dusche ich, es sei denn, man geruht mir das Bad so anzurichten, wie ich schon sagte. Und die Toilettenbecken, die im ganzen Haus die gleichen sind, die hat der Kapitän von der französischen Eisenbahngesellschaft gekauft: Denn in den Zügen steht auf dem Grund der Schüsseln kein Wasser. Man muß eben an alles denken.

Hazel lachte leise.

– Diese Maßnahmen sind idiotisch; ich habe nicht im mindesten Lust, mich dem Anblick meiner selbst auszusetzen. Richtig ist allerdings, daß ich ohne diese klugen Vorkehrungen vielleicht einmal aus Versehen mein Spiegelbild zu Gesicht bekäme. Und das könnte für mich ebenso fatal werden wie für Narziß, wenngleich aus dem gegenteiligen Grund.

– Und wenn Sie nun mal von etwas anderem reden würden als von diesem für Sie so schmerzlichen Thema? Eine solche Zwangsvorstellung kann Ihrer Gesundheit nur schaden.

– Sie haben recht. Reden wir von Ihnen. Sie sind schön. Haben Sie einen Verlobten?

– Nein.

– Wie ist das möglich?

– Sie wollen wohl alles wissen, wie?

– Ja.

– Ich sage Ihnen nur, was ich Ihnen sagen will. Ich habe drei Verlobte gehabt. Mit jedem bin ich etwa vier Monate zusammengeblieben, und dann habe ich ihn verlassen.

– Haben sie sich schlecht gegen Sie betragen?

– Ich habe mich mit ihnen gelangweilt. Dabei hatte ich mir doch jedesmal einen ganz anderen ausgesucht, weil ich hoffte, daß es dann interessanter würde. Leider scheinen aber alle Männer nach vier Monaten einander ähnlich zu werden.

Das Mädchen lachte schallend.

– Erzählen Sie weiter!

– Was soll ich sagen? Es waren nette Jungen. Nur, wenn der Reiz der ersten Augenblicke einmal dahin war, was blieb dann noch? Ein braver Verlobter, der ein Ehemann werden wollte. Ich mochte sie alle gern, ja – aber mein Leben mit ihnen zu verbringen…? Ich stelle mir vor, daß die Liebe doch etwas anderes ist.

– Sie waren also noch nie verliebt?

– Nein. Am bezeichnendsten fand ich, daß ich, wenn ich mit ihnen zusammen war, an meine Patienten im Krankenhaus dachte. Mein Beruf erscheint mir als sehr viel aufregender als diese Affären.

– Waren Ihre Verlobten junge Männer?

– Ungefähr in meinem Alter.

– Was Sie sagen, ist mir ein Trost. Ich habe nie einen jungen Mann gekannt, und manchmal will ich darüber verzweifeln. Als ich sechzehn oder siebzehn war, gab es Jungen, die sich um mich bemühten. Ich war so töricht, sie abzuweisen. Ich wollte lieber auf die große Liebe warten, über die ich mir lächerliche Illusionen machte. Hätte ich gewußt, daß ich mit achtzehn entstellt sein würde, ich hätte die kostbaren Jahre nicht mit dem Traum vom Märchenprinzen vergeudet. Wenn Sie berichten, daß die Jungen eine Enttäuschung sind, gibt mir das deshalb neue Kraft.

Françoise dachte, wenn Hazel sich mit jungen Männern auch nicht auskenne, so müsse sie doch mit den älteren eine gewisse Erfahrung haben.

– Warum hören Sie auf, wo Sie gerade so schön am Erzählen sind? Sagen Sie mir noch mehr Schlimmes über die Männer!

– Ich habe nichts Schlimmes über sie zu sagen.

– Doch, geben Sie sich einen Ruck!

Die Masseurin zuckte die Achseln. Schließlich sagte sie:

– Vielleicht sind sie ein bißchen leicht zu durchschauen.

Die Patientin schien entzückt.

– Ja, so stelle ich sie mir vor. Als ich zehn war, in New York, gab es in meiner Klasse einen Jungen, den ich heiraten wollte. Er hieß Matthew und war nicht schöner, nicht gescheiter, nicht stärker und nicht witziger als die andern. Aber er sagte nie etwas. Das Schweigen machte ihn für mich interessant. Und dann, gegen Ende des Schuljahrs, bekam Matthew die beste Aufsatznote und mußte der Klasse seinen Text vorlesen. Es war ein ziemlich banales Gewäsch, in dem er von seinen Wintersportferien erzählte. Ich verlor jede Lust, ihn zu heiraten, und dachte mir, daß kein Junge wirklich etwas hat, das einen fesseln könnte. Was Sie sagen, scheint das zu bestätigen. Aus Ihrem Munde hat es sicher mehr Gewicht als aus meinem; wenn ich es sage, könnte man glauben, ich erklärte die Trauben, die mir zu hoch hängen, für sauer. Wenn Matthew mich heute sähe, wäre er heilfroh, daß ich ihn nicht heiraten wollte.

Die Pflegerin sagte nichts.

– An was denken Sie, Françoise?

– Ich denke, daß Sie viel reden.

– Stimmt. Hier rede ich sonst nie. Ich könnte, wenn ich wollte. Wenn Sie da sind, spüre ich, wie meine Zunge sich löst und frei wird – ja, so muß ich es nennen. Um auf den *Grafen von Monte Christo* zurückzukommen: Wenn die beiden Gefangenen sich nach den Jahren der Einsamkeit begegnen, fangen sie an zu reden und zu reden. Sie stecken immer noch in ihrem Kerker, aber es ist, als wären sie schon zur Hälfte frei, weil sie einen Freund gefunden haben, mit dem sie reden können. Reden macht frei. Seltsam, nicht wahr?

– In bestimmten Fällen bewirkt es das Gegenteil. Es gibt Leute, die einen mit ihrem Wortschwall überschütten, und man hat das unangenehme Gefühl, eine Gefangene ihrer Worte zu sein.

– Die reden nicht, die schwatzen. Hoffentlich zählen Sie mich nicht zu denen.

– Ihnen höre ich gern zu. Ihre Erzählungen sind wie Reisen.

– Wenn das stimmt, ist es nur Ihnen zu verdanken. Erst der Zuhörer macht mitteilsam. Wenn Sie mir nicht so freundlich Ihr Ohr zu leihen schienen, würden Sie mich zu nichts anregen. Sie haben das seltene Talent zuzuhören.

– Ich bin nicht die einzige, die Ihnen gern zuhören würde.

– Möglich, aber ich glaube nicht, daß die anderen es gut könnten. In Ihrer Gegenwart habe ich ein sehr merkwürdiges Gefühl: zu existieren. Wenn Sie nicht da sind, ist mir, als würde ich nicht existieren. Ich kann es nicht erklären. Ich hoffe, ich werde nie gesund. Sobald ich nicht mehr krank bin, werden Sie mich nicht mehr besuchen. Und ich werde nie wieder existieren.

Vor Rührung wußte die Pflegerin nichts mehr zu sagen. Ein sehr langes Schweigen trat ein.

– Sehen Sie: Selbst wenn ich schweige, habe ich das Gefühl, daß Sie mir zuhören.

– So ist es.

– Darf ich einen, gelinde gesagt, bizarren Wunsch äußern, Françoise?

– Welchen?

– Am 31. März werde ich dreiundzwanzig. Sie können mir ein wundervolles Geschenk machen: daß ich bis zu diesem Tag nicht wieder gesund bin.

– Schweigen Sie still, sagte die junge Frau, entsetzt bei der Vorstellung, daß man sie vielleicht belauschte.

– Ich bestehe darauf: Ich will an meinem Geburtstag immer noch krank sein. Heute haben wir den 4. März. Richten Sie es so ein!

– Bestehen Sie nicht weiter darauf! antwortete sie mit lauter Stimme, im Gedanken an die Ohren, die vielleicht mithörten.

Bevor Françoise Chavaigne ins Krankenhaus zurückkehrte, ging sie zur Apotheke. Dann besann sie sich mehrere Stunden lang in ihrem Zimmer. Sie erinnerte sich, daß der Kapitän die Oberin gebeten hatte, ihm eine Schwester zu schicken, die keine Brille trug. Nun verstand sie, weshalb: wegen der Spiegelung der Gläser.

Nachts, als sie im Bett lag, dachte sie: »Ich bin fest entschlossen, sie zu heilen. Und darum, Hazel, soll Ihr Wunsch über Ihre Hoffnung hinaus erfüllt werden.«

Jeden Nachmittag fuhr die Pflegerin wieder nach Mortes-Frontières. Ohne es sich einzugestehen, erwartete sie diese Visiten mit ebensoviel Ungeduld wie die Patientin.

– Es wird Sie nicht erstaunen, Françoise, wenn ich Ihnen sage, daß Sie meine beste Freundin sind. Sie könnten das als selbstverständlich betrachten, weil Sie ja die einzige echte weibliche Gesellschaft für mich sind. Und dennoch, seit meiner Kindheit habe ich keine Freundin mehr gehabt, an der ich so sehr hänge wie an Ihnen.

Weil sie dazu nichts zu sagen wußte, begnügte sich die Pflegerin mit einem Gemeinplatz:

– Eine wichtige Sache, die Freundschaft.

– Als ich klein war, war sie meine Religion. Meine beste

Freundin in New York hieß Caroline. Ich trieb einen Kult mit ihr. Wir waren unzertrennlich. Wie soll man einer Erwachsenen erklären, welchen Platz sie in meinem Leben einnahm? Damals wollte ich Ballerina werden, und sie wollte alle Reitturniere der Welt gewinnen. Ihr zuliebe bekehrte ich mich zum Reiten, und sie bekehrte sich meinetwegen zum Tanz. Ich hatte ebensowenig Talent für das Reiten wie sie für die Entrechats, aber der Zweck der Übung war ja unser Zusammensein. Die Sommerferien verbrachte ich in den Catskills, sie auf Cape Cod: ein ganzer Monat ohne einander, eine Tortur. Wir schrieben uns Briefe, sehnsuchtsvoller als die Herzensergüsse getrennter Liebespaare. Um mir ihren Trennungsschmerz deutlich zu machen, ging Caroline so weit, sich einen ganzen Fingernagel auszureißen, den vom linken Ringfinger, den sie ihrem Brief anklebte.

– Puh!

– Vom sechsten bis zum zwölften Jahr lebte ich nur für diese Freundschaft. Dann ließ meinen Vater das Glück im Stich, und wir mußten aus New York fortgehen. Als ich Caroline die Neuigkeit beibrachte, gab es ein Drama. Sie heulte und schrie, sie wollte mit mir fahren. Eine Nacht lang zerstachen wir uns die Handgelenke, um Blutsschwestern zu werden, und schwuren uns irrsinnige Eide. Sie flehte ihre Eltern an, meinen wieder auf die Beine zu helfen – natürlich vergebens. Am Tag der Abreise glaubte ich sterben zu müssen. Das Unglück wollte es, daß ich nicht starb. Als der Dampfer vom Kai ablegte, verband uns der traditionelle Papierstreifen. Als er riß, spürte ich, wie der Riß durch meinen Körper ging.

– Wenn sie trotz dem Ruin Ihrer Eltern zu Ihnen gehalten hat, war sie eine wahre Freundin.

– Warten Sie ab! Wir nahmen einen leidenschaftlichen Briefwechsel auf. Wir sagten uns alles. »Entfernung ist nichts, wenn man sich so sehr liebt«, schrieb sie mir. Und dann, nach und nach, wurden ihre Briefe fad. Sie hatte das Ballett aufgegeben und sich dem Tennis zugewandt, zusammen mit einer gewissen Gladys. »Ich habe mir das gleiche Kostüm machen lassen wie Gladys... Ich habe dem Coiffeur gesagt, er solle mir die Haare so schneiden wie Gladys...« Mir wurde kalt im Herzen, als ich das las. Dann kam es noch schlimmer: Gladys und Caroline verknallten sich beide in einen gewissen Brian. Der Ton der Briefe schlug um. Statt ihrer glühend liebevollen Mitteilungen schrieb Caroline mir nun Sachen wie: »Brian hat Gladys gestern mindestens eine Minute lang angeschaut. Ich möchte wissen, was er an ihr findet: Sie ist doch häßlich und hat einen dicken Hintern.« Ich habe mich für sie geschämt. Das wundervolle Mädchen hatte sich in ein zänkisches Weibsbild verwandelt.

– Das war die Pubertät.

– Gewiß. Aber ich wurde ja auch größer und doch nicht so eine wie sie. Bald hatte sie mir nichts mehr zu sagen. Seit 1914 habe ich nichts mehr von ihr gehört. Ich habe wie in Trauer gelebt.

– In Paris hatten Sie doch sicher auch Freundinnen.

– Keine vergleichbaren. Wäre mir eine zweite Caroline begegnet, ich hätte mich nicht mit ihr eingelassen. Wie sollte ich noch an die Freundschaft glauben? Meine Auserwählte hatte alle Eide gebrochen.

– Traurig!

– Schlimmer als das. Durch den Eidbruch hatte Caroline unsere wundervollen sechs Jahre ausgelöscht. Es ist, als hätte es sie nie gegeben.

– Wie unversöhnlich Sie sind!

– Sie würden mich verstehen, wenn Sie das erlebt hätten.

– Eine solche Freundschaft habe ich tatsächlich nie erlebt. Ich habe Jugendfreundinnen, die ich von Zeit zu Zeit gern wiedersehe. Aber weiter geht das nicht.

– Komisch, ich bin sieben Jahre jünger als Sie, und doch kommt es mir vor, als seien Sie heil geblieben, während ich verwüstet bin. Aber egal, was bedeuten schon die Leiden der Vergangenheit, da ich nun die beste aller Freundinnen habe: Sie.

– Ich finde, Sie schließen leichtfertig Freundschaft.

– Das stimmt nicht! entrüstete sich das Mädchen.

– Ich habe Ihre Freundschaft mit nichts verdient.

– Sie kommen jeden Tag her, um mich hingebungsvoll zu pflegen.

– Das ist mein Beruf.

– Ist das ein Grund, Ihnen nicht dankbar zu sein?

– In diesem Fall hätten Sie die gleiche Freundschaft für jede beliebige Schwester empfunden, die an meiner Stelle gekommen wäre.

– Ganz sicher nicht. Einer anderen wäre ich einfach nur dankbar.

Françoise fragte sich, ob der Kapitän wohl Hazels Erklärungen mit anhörte und was er davon hielte.

Draußen befragte er sie:

– Wie geht es unserer Patientin?

– Stationär.

– Es scheint aber, als ginge es ihr besser.

– Das Fieber ist erheblich zurückgegangen, dank meiner Behandlung.

– Und worin besteht diese Behandlung?

– Ich gebe ihr jeden Tag eine Spritze Grabaterium, eine stark pneumonarkotische Substanz. Außerdem bekommt sie bronchodilatierende Kapseln und Bramboran. Gelegentliche Einläufe fördern die Ausscheidung innerer Purulenzen. Die Massagen wirken expektorationsanregend, so daß die Pleuritis sich nicht ausweiten kann.

– Das ist Chinesisch für mich. Besteht Hoffnung?

– Hoffnung schon, aber es braucht noch einige Zeit, und selbst im Falle einer Heilung sollte die Therapie nicht abgebrochen werden: Bei Rückfällen kennt die Pleuritis keine Gnade.

– Sind Sie immer noch bereit, sich täglich um sie zu kümmern?

– Mit welcher Entschuldigung könnte ich es ablehnen?

– Sehr gut. Ich bestehe aber darauf, daß Sie sich nie vertreten lassen, auch nicht für einen Tag!

– Ich habe es nicht vor.

– Sollten Sie einmal krank werden, schicken Sie keine andere als Vertretung!

– Ich habe eine eherne Gesundheit.

– Ich muß sagen, ich habe Vertrauen zu Ihnen. Das ist sonst nicht meine Art. Ich hoffe, es ist berechtigt.

Françoise verabschiedete sich und bestieg das Fährboot.

Beim Gedanken an die Namen der von ihr erfundenen Medikamente befiel sie eine unbändige Lust zu lachen.

Mitten in der Nacht erwachte sie in panischem Schrecken. »Die Einläufe! Wenn die Wände Ohren haben, dann weiß der Kapitän, daß ich in diesem Punkt gelogen habe. Und damit ist mein Kredit bei ihm verscherzt.«

Sie versuchte sich zur Vernunft zu bringen: »Er hat mir sein Vertrauen ausgesprochen, nachdem ich die Einläufe erwähnt hatte. Ja, aber vielleicht hat er die Unstimmigkeit nicht gleich registriert. Vielleicht ist er jetzt auch bei diesem Gedanken wach geworden. Nein, wir werden sehn, er müßte schon ein gefährlicher Irrer sein, um dieses Detail bemerkt zu haben. Wenn er allerdings unsere Gespräche belauscht, dann ist er tatsächlich einer. Vielleicht horcht er auch nicht... Wie soll man das wissen? Wenn ich sicher wäre, daß er uns nicht überwacht, hätte ich Hazel einiges zu sagen. Wie könnte man sich vergewissern? Ich muß diesem Mann eine Falle stellen.«

Der Plan, den sie sich zurechtlegte, ließ sie nicht mehr einschlafen.

Was haben Sie, Françoise? Sie sind blaß und sehen abgespannt aus.

– Ich habe schlecht geschlafen. Ich darf das Kompliment erwidern, Hazel: Auch Sie sehen schlecht aus.

– Ach!

– Und jetzt, wo ich es Ihnen sage, werden Sie gleich noch blasser.

– Wirklich?

Die Pflegerin mußte sich die Worte so zurechtbiegen, daß ihre Fragen als Aussagesätze getarnt wurden:

– Ich hoffe doch, Sie schlafen gut.

– Nicht immer.

– Aber Hazel! Um gesund zu werden, muß man einen guten Schlaf haben.

– Das hängt leider nicht von meinem guten Willen ab. Geben Sie mir ein Schlafmittel!

– Niemals, ich bin gegen solche Medikamente. Gut zu schlafen, ist eine Sache des Willens.

– Falsch! Sie selbst haben auch schlecht geschlafen.

– Das hat nichts damit zu tun. Ich kann mir das erlauben, ich bin gesund. Wenn ich krank wäre, würde ich es mir nicht erlauben.

– Ich versichere Ihnen, es liegt nicht an mir.

– Ach was! Ihnen fehlt der Wille.

– Also, Françoise, Sie sind doch eine Frau. Es gibt da Dinge, die Sie verstehen werden.

– Die Unpäßlichkeit ist kein Grund, nicht zu schlafen.

– Das meine ich nicht, stammelte das Mädchen, dessen Blässe nun in Rot überging.

– Ich verstehe nichts von alledem, was Sie da erzählen.

– Doch, Sie verstehen!

Hazel war am Rand einer Nervenkrise, während die Pflegerin eine olympische Ruhe bewahrte.

– Der Kapitän ... der Kapitän und ich ... wir haben ... er hat ...

– Ach so, sagte die Pflegerin mit der ganzen Kühle ihrer Berufserfahrung, Sie haben Geschlechtsverkehr gehabt.

– Das ist alles, was Sie dazu sagen? fragte Hazel entgeistert.

– Ich sehe nicht, wo das Problem liegt. Das ist ein biologisch normales Verhalten.

– Normal, bei vierundfünfzig Jahren Altersunterschied zwischen den Protagonisten?

– Solange die Physiologie es erlaubt.

– Es gibt nicht nur die Physiologie! Es gibt auch noch eine Moral!

– Daran ist nichts Unmoralisches. Sie sind volljährig und willigen ein.

– Willige ein? Was wissen Sie denn davon?

– Darüber kann man eine Krankenschwester nicht täuschen. Ich kann Sie untersuchen, um es zu verifizieren.

– Nein, tun Sie es nicht!

– Ihre Reaktion bestätigt es schon.

– So einfach ist das alles aber nicht! sagte das Mädchen empört.

– Man willigt ein, oder man willigt nicht ein. Es hat keinen Sinn, die beleidigte Jungfrau zu spielen.

– Wie hart Sie gegen mich sind! Die Wirklichkeit ist viel komplexer, als Sie sagen. Man kann nicht einverstanden sein und doch sehr lebhafte Empfindungen gegen denjenigen haben, der ... Man kann von einem Körper abgestoßen sein und doch seelisch angezogen, so daß man sich den Körper schließlich trotz allen Ekels gefallen läßt. Ist Ihnen das noch nie passiert?

– Nein. Was Sie da erzählen, ist für mich Chinesisch.

– Haben Sie denn noch nie mit jemandem geschlafen?

– Ich habe mit meinen Verlobten geschlafen, ohne mich mit solch lächerlichen Seelenzuständen zu belasten.

– Was ist daran lächerlich?

– Sie versuchen sich einzureden, Sie würden mißbraucht. Sie haben ein solches Bedürfnis, sich zu idealisieren, das schmeichelhafte Bild rein zu halten, das Sie sich von sich selbst machen ...

– Das stimmt nicht!

– Oder aber Sie möchten, wie viele Menschen, die Märtyrerin spielen. Sie hängen an der Vorstellung, Opfer eines Rohlings zu sein. Ich finde diese Einstellung verächtlich und Ihrer unwürdig.

– Sie haben nichts begriffen! rief das Mädchen weinend aus. So ist es nicht. Können Sie sich nicht vorstellen, daß ein intelligenter Mann eine fürchterliche Macht über ein armes, verunstaltetes Mädchen ausübt, besonders wenn er auch noch dessen Wohltäter ist?

– Ich sehe nur, daß er ein alter Mann und physisch gar

nicht mehr imstande ist, irgendwem körperlich Gewalt anzutun, schon gar nicht einem jungen Menschen.

– Einem jungen, aber kranken Menschen!

– Sie fangen schon wieder an, das Opferlamm zu spielen.

– Es gibt nicht nur körperliche Gewalt. Es gibt auch geistige Gewalt.

– Wenn man Ihnen geistig Gewalt antut, brauchen Sie nur fortzugehen.

– Von hier fortgehen? Sind Sie verrückt? Sie wissen genau, daß ich mich mit meinem Gesicht nirgendwo sehen lassen kann.

– Da haben Sie einen Vorwand, der Ihnen gelegen kommt. Ich für mein Teil, ich sage Ihnen, Sie leben vollkommen freiwillig mit dem Kapitän zusammen. Und daran, daß Sie miteinander schlafen, ist nichts Verwerfliches.

– Sie sind gemein!

– Ich sage die Wahrheit, statt Sie in Ihrem Selbstbetrug zu bestätigen.

– Sie sagten, ich bin volljährig. Als es angefangen hat, war ich es nicht. Da war ich achtzehn.

– Ich bin Krankenschwester und kein Polizist.

– Wollen Sie damit andeuten, Medizin und Recht hätten nichts miteinander zu tun?

– Juristisch gesehen stehen Minderjährige unter dem Schutz ihres Vormunds.

– Finden Sie nicht, daß mein Vormund mich auf eine etwas eigenartige Weise beschützt?

– Achtzehn ist ein normales Alter für eine erste sexuelle Erfahrung.

– Sie machen sich über mich lustig! schrie das Mädchen und schluchzte.

– Würden Sie sich bitte beruhigen! sagte die Pflegerin streng.

– Finden Sie nicht, daß ein Mann, der mit einem schwer verunstalteten Mädchen schläft, abartig ist?

– Darüber zu befinden, steht mir nicht zu. Jeder nach seinem Geschmack. Ich könnte Ihnen auch entgegenhalten, daß er Sie um Ihrer Seele willen liebt.

– Warum begnügt er sich dann nicht mit meiner Seele? schrie Hazel.

– Es gibt keinen Grund, sich so aufzuregen! sagte Françoise energisch.

In ihrer Verzweiflung warf Hazel ihr einen herzzerreißenden Blick zu.

– Und ich hab geglaubt, Sie mögen mich!

– Ich mag Sie gern. Aber das ist kein Grund, daß ich mich auf Ihre Komödie einlasse.

– Meine Komödie? Oh, gehn Sie, Sie sind abscheulich!

– Gut.

Die junge Frau packte ihre Sachen zusammen. Als sie schon das Zimmer verlassen wollte, fragte die Kleine sie in flehentlichem Ton:

– Sie kommen doch trotzdem wieder?

– Schon morgen, sagte sie lächelnd.

Sie stieg die Treppe hinab, entsetzt ob ihrer eigenen Worte.

Unten wurde die Tür zum Rauchzimmer geöffnet.

– Mademoiselle, würden Sie noch auf einen Moment hereinkommen? fragte der Kapitän.

Sie trat ein. Das Herz klopfte ihr zum Zerspringen.

Der alte Mann wirkte aufgewühlt.

– Ich möchte Ihnen danken, sagte er.

– Ich tue nur meine Pflicht.

– Ich spreche nicht von Ihrer pflegerischen Tüchtigkeit. Ich finde, daß Sie von großer Lebensklugheit sind.

– Ach.

– Sie verstehen auch Dinge, die junge Frauen im allgemeinen nicht verstehen.

– Ich weiß nicht, was Sie damit sagen wollen.

– Sie wissen es sehr wohl. Sie haben die Situation sehr klarsichtig erfaßt. Das Wichtigste ist Ihnen nicht entgangen: Ich liebe Hazel. Ich empfinde eine Liebe für sie, an der Sie nicht zweifeln können. »Liebe und tu, was du willst!« lehrt der heilige Augustinus.

– Monsieur, das betrifft mich nicht.

– Ich weiß, aber ich sage es Ihnen trotzdem, denn ich habe einige Hochachtung vor Ihnen.

– Danke.

– Ich habe Ihnen zu danken. Sie sind eine bewundernswerte Frau. Und eine schöne Frau obendrein. Sie sind der Göttin Athene ähnlich: Sie haben die Schönheit der Intelligenz.

Die Pflegerin senkte wie beschämt den Blick, verabschiedete sich und ging. Vor dem Haus wehte ihr die Seeluft entgegen und machte ihr den Kopf frei. Endlich atmete sie auf.

»Nun weiß ich, was ich wissen wollte«, dachte sie.

Nach ihren Einkäufen in der Apotheke ging Françoise ins Café. Das war sonst nicht ihre Gewohnheit.

– Einen Calvados bitte!

»Seit wann trinken Frauen denn so was?« fragte sich der Schankwirt.

Mit Erstaunen betrachteten die Seeleute die hübsche, aber nicht eben leichtfertig wirkende Person, die ganz in wichtige Gedanken versunken schien.

»Nachdem ich nun sicher bin, ist doppelte Vorsicht geboten. Immer noch möglich, daß er den Schwindel mit den Einläufen nicht bemerkt hat. Meiner Ansicht nach hört er unsere Gespräche mit an, ohne den Rauchsalon zu verlassen, der mit Hazels Zimmer durch irgendeinen Schalleiter verbunden sein muß. Die arme Kleine, in was für einem Zustand sie jetzt wohl sein wird! Wie soll ich ihr nur beibringen, daß ich ihre Verbündete bin? Wird sie mir noch vertrauen, nach allem, was ich ihr zugemutet habe? Ich würde ihr gern ein paar Worte schreiben, aber das ist unmöglich: Die Schergen, die mich filzen, würden nie das kleinste Briefchen durchlassen.« Einen von ihnen hatte sie vor ein paar Tagen dabei überrascht, wie er die Dosierungshinweise zu einem Medikament aus ihrem Köfferchen durchlas. Auf ihre Frage, was er dort zu finden hoffe, hatte er geantwortet: »Sie könnten verschlüsselte Nachrichten durch Unterstreichung bestimmter Buchstaben übermitteln.« Daran hatte sie noch nie gedacht. »Wie soll ich gegen solche Wachhunde ankommen? Ich könnte unbeschriebenes Papier mitnehmen und erst bei Hazel schreiben, aber dann würde sie Fragen stellen, die zu hören wären: Was machen Sie da, Françoise? Was schreiben Sie da auf? Warum legen Sie den Finger auf die Lippen? Das heißt, ich werde kein leichtes Spiel haben, mit diesem Schäfchen. Nein, ich muß mich weiter an meinen Plan halten. Wenn das nur nicht so viel Zeit kosten würde!«

Sie setzte sich an die Theke und fragte den Wirt aus:

– Was hat der Kapitän getan, bevor er sich auf Mortes-Frontières niedergelassen hat?

– Warum interessieren Sie sich für ihn?

– Ich bin zur Zeit seine Krankenpflegerin. Beginnende Pleuritis.

– Er kann nicht mehr jung sein. Das letzte Mal gesehen hab ich ihn vor zwanzig Jahren. Schon da sah er alt aus.

– Die See verschleißt.

– In seinem Fall kann es wohl nicht nur die See gewesen sein.

– Was wissen Sie über ihn?

– Nicht viel. Gerade noch, daß er Omer Loncours heißt. Mit so einem Namen, müssen Sie zugeben, kann man nur Seemann werden. Eine ziemlich bewegte Laufbahn, nach dem, was ich gehört habe. Er ist sogar mal Blockadebrecher im Chinesischen Meer gewesen. Dabei ist er zu verflucht viel Geld gekommen. Vor dreißig Jahren hat er sich hier zur Ruhe gesetzt.

– Warum so früh?

– Weiß man nicht. Jedenfalls war er verliebt.

– In wen?

– Eine Frau, die er auf seinem Schiff mitgebracht hatte. Zu sehen bekommen hat man sie nie. Loncours hat die Insel gekauft und seine Geliebte dort untergebracht.

– Das war vor dreißig Jahren, sind Sie sicher?

– Ganz sicher.
– Wie kommt es, daß Sie diese Frau nie gesehen haben?
– Sie hat Mortes-Frontières nie verlassen.
– Woher wußten Sie dann, daß es sie gab?
– Von Jacqueline, Loncours' Köchin. Sie hat manchmal von einer Frau gesprochen.
– Hatte sie sie gesehen?
– Das weiß ich nicht. Die Leute des Kapitäns haben Anweisung, so wenig wie möglich zu erzählen, sagt man. Diese Frau ist vor zwanzig Jahren gestorben.
– Auf welche Weise?
– Sie hat sich ins Meer gestürzt und ist ertrunken.
– Was!
– Komische Geschichte, ja. Tage später ist die Leiche bei Nœud an den Strand getrieben. Eine Frau, aufgedunsen und voll Wasser wie ein nasses Brot. Unmöglich zu sagen, ob sie schön oder häßlich war. Nach der Autopsie und der Untersuchung hat die Polizei auf Selbstmord geschlossen.
– Warum könnte sie sich umgebracht haben?
– Finden Sie das mal raus!
»Genau das habe ich vor«, dachte die Pflegerin, zahlte und ging.

Im Krankenhaus befragte sie die älteste ihrer Kolleginnen, die über fünfzig war. Von ihr erfuhr sie nicht viel.
– Nein, ich weiß nicht, wer das war. Ich kann mich nicht erinnern.
– Wie hieß die Ertrunkene?
– Wie hätten wir das wissen können?
– Der Kapitän hätte es doch sagen können.

– Sicher.

– Was für ein schlechtes Gedächtnis! Ist Ihnen denn gar keine Einzelheit aufgefallen?

– Sie hatte ein schönes weißes Nachthemd an.

»In puncto Kleidung hat der Geschmack des Kapitäns sich nicht geändert«, dachte Françoise und ging die Register einsehen. Sie gaben keine weiteren Aufschlüsse her; Dutzende von Frauen waren 1903, einem Jahr wie jedes andere, im Krankenhaus von Nœud gestorben.

»Loncours hätte ja ohnehin irgendeine erfundene Identität angeben können, weil er der einzige war, der sie kannte«, sagte sie sich.

Sie hätte gern gewußt, wo man sie begraben hatte.

Hazels Lächeln wirkte gezwungen.

– Ich habe über unser Gespräch von gestern nachgedacht.

– Ach, sagte die Pflegerin gleichmütig.

– Ich denke, Sie haben recht. Und trotzdem kann ich mich nicht zu Ihrer Ansicht durchringen.

– Das ist nicht schlimm.

– Man muß ja nicht unbedingt mit seinen Freunden einer Meinung sein, nicht wahr?

– Natürlich nicht.

– Freundschaft ist etwas sehr Sonderbares: Man liebt seine Freunde weder um ihres Körpers willen noch wegen ihrer Gedanken. Wenn das so ist, woher kommt dann dieses seltsame Gefühl?

– Sie haben recht, das ist sehr merkwürdig.

– Vielleicht gibt es geheime Verbindungen zwischen bestimmten Personen. Unsere Namen zum Beispiel: Sie heißen doch Chavaigne, nicht?

– Ja.

– Man könnte sagen, Kastanie – und Ihr Haar ist kastanienbraun. Ich nun heiße Hazel, was Haselnußstrauch bedeutet, und mein Haar ist nußbraun. Kastanie, Haselnuß, wir stammen aus derselben Familie.

– Komisch, ein Vorname, der Haselstrauch bedeutet!

– Haselruten nahm man zum Quellensuchen: Das Holz schien auszuschlagen, sobald es die Kraft und Reinheit eines Wasserlaufs spürte, der hervorsprudeln wollte. Als Name bedeutet Hazel soviel wie Rutengängerin.

– Eine Zauberin!

– Das wäre ich gern. Aber ich habe keine Zauberkräfte.

»Falsch!« dachte die Pflegerin.

– Die Kastanie, fuhr das Mädchen fort, hat zwar nicht die Kraft, Quellen aufzufinden, aber sie ist ein besonders festes und beständiges Holz. Wie sie, Françoise.

– Ich weiß nicht, ob man der Bedeutung eines Namens so viel Gewicht beimessen sollte. Die Namen hat man uns doch ganz unbedacht gegeben.

– Ich glaube dagegen, sie zeigen das Schicksal an. Bei Shakespeare sagt Julia, ihr Romeo wäre noch genauso köstlich, wenn er anders hieße. Sie selbst, deren herrlicher Vorname zum Mythos geworden ist, ist jedoch der Beweis des Gegenteils. Hieße sie statt dessen... ich weiß nicht, wie...

– Josyane?

– Ja, hieße sie Josyane, so wäre das nicht gegangen.

Sie lachten beide laut auf.

– Es ist schönes Wetter, sagte die Masseurin. Wir könnten auf der Insel spazierengehn.

Das Mädchen erbleichte.

– Ich bin müde.

– Es würde Ihnen guttun, an die Luft zu kommen, statt hier eingesperrt zu bleiben.

– Ich mag nicht aus dem Haus gehen.

– Schade! Ich würde gern am Meer spazierengehn.

– Dann tun Sie's!

– Ohne Sie macht es mir keinen Spaß.

– Drängen Sie nicht weiter!

»Was für ein Dummchen!« dachte die Pflegerin wütend. »Draußen könnten wir doch wenigstens offen reden.«

– Ich verstehe Sie nicht. Auf dieser Insel ist doch sonst niemand. Bei einem Spaziergang könnte niemand Sie sehen. Sie haben nichts zu befürchten.

– Das ist es nicht, was mich abhält. Ich bin einmal hinausgegangen. Ich war allein, und doch spürte ich eine Anwesenheit. Sie hat mich verfolgt. Es war beängstigend.

– Sie haben zuviel Phantasie. Ich gehe jeden Nachmittag von der Anlegestelle hierher und habe noch kein Gespenst gesehen.

– Es handelt sich nicht um ein Gespenst. Eine Anwesenheit. Eine herzzerreißende Anwesenheit. Mehr kann ich Ihnen nicht sagen.

Die Pflegerin brannte darauf, sie zu fragen, ob sie von Loncours' früherer Geliebten gehört hatte. Sie stellte die Frage auf einem Umweg:

– Ihre weißen Nachthemden finde ich sehr schön.

– Ich auch. Die hat mir der Kapitän geschenkt.

– Sie sind prächtig, was für eine Qualität! Solche hab ich noch nie im Handel gesehen.

– Weil sie uralt sind. Der Kapitän hat mir gesagt, sie sind noch von seiner Mutter.

»Sie weiß von nichts«, befand Françoise.

– Es ist traurig, solche Nachthemden zu besitzen, wenn man verunstaltet ist. Zu einem solchen Kleidungsstück gehört ein vollkommenes Gesicht.

– Fangen Sie doch nicht schon wieder zu jammern an, Hazel!

– Ich möchte Ihnen eins schenken. Es würde Ihnen sehr gut stehen.

– Abgelehnt! Man verschenkt nicht weiter, was man selbst geschenkt bekommen hat.

– Dann lassen Sie mich Ihnen wenigstens eins sagen: Sie sind schön. Sehr schön. Darum machen Sie mir das Vergnügen und seien Sie froh darüber, kosten Sie es aus! Es ist ein großes Geschenk.

Bevor sie sich auf den Heimweg machte, ging Françoise am Ufer entlang. Zwanzig Minuten genügten, um die ganze Insel zu umrunden.

Sie gehörte nicht zu denen, die bereit sind, an geheimnisvolle Erscheinungen zu glauben. Sie wußte, daß ein Mensch sich vor zwanzig Jahren hier ertränkt hatte; daher fand sie die Stätte, auch ohne daß Irrationales hinzukam, unheimlich genug.

Entgegen ihren Hoffnungen sah sie nirgendwo ein Grab. »Wie dumm von mir, eines zu erwarten!« sagte sie sich. »Ein solches Risiko wäre Loncours nicht eingegangen.

Und wenn man überall, wo jemand sich umgebracht hat, ein Grab errichten müßte, wären Land und Meer bald ein einziger Friedhof.«

Doch an dem Ufer, das der Stadt Nœud gegenüberlag, bemerkte sie einen Felsvorsprung, der wie ein Pfeil aufs Wasser hinausstieß. Sie betrachtete ihn lange, und ohne daß sie irgendeine Gewißheit haben konnte, wurde ihr beklommen ums Herz.

Am nächsten Tag begegnete sie bei der Ankunft auf der Insel dem Kapitän, der aufs Festland fahren wollte.

– Ich muß nach Nœud, ein paar Dinge erledigen. Ausnahmsweise fährt das Boot heute noch ein weiteres Mal hin und zurück. Keine Sorge, es wird pünktlich wieder da sein, um Sie heimzubringen Ich lasse Sie mit unserer kleinen Patientin allein.

Die Pflegerin sagte sich, das sei zu schön, um wahr zu sein. Sie befürchtete eine Falle und legte den Weg bis zum Haus sehr langsam zurück, so daß sie noch sehen konnte, wie Loncours an Bord ging. Als das Boot ablegte, machte sie die Tür hinter sich zu und eilte in den Rauchsalon.

In dem Schreibtisch, der dort stand, öffnete sie jede Schublade. Zwischen allerlei Papierkram stieß sie auf alte Fotografien, darunter ein Porträt mit dem Datum 1893 – »mein Geburtsjahr«, hatte sie eben noch Zeit, sich zu sagen, ehe sie bemerkte, daß es ein Mädchen zeigte, das schön war wie ein Engel. Auf der Rückseite stand mit Tinte ein Vorname geschrieben: »Adèle«.

Die Einbrecherin betrachtete das Mädchen: Es schien etwa achtzehn Jahre alt zu sein. Adèles Frische und Anmut waren atemberaubend.

Plötzlich dachte Françoise daran, daß Loncours nicht der einzige war, der in dieser Behausung wachte. Sie schloß die Schubladen wieder und stieg zu ihrer Patientin hinauf.

Hazel wartete schon, bleich wie ein Laken.

– Sie kommen zehn Minuten zu spät.

– Ist das ein Grund, so ein Gesicht zu machen?

– Ihnen ist das wohl nicht klar: Sie sind für mich jeden Tag das Ereignis! Sie waren noch nie zu spät gekommen.

– Ich hab mich noch vom Kapitän verabschiedet, der für den Nachmittag aufs Festland hinübergefahren ist.

– Er ist abgefahren? Er hat mir nichts davon gesagt.

– Er hat einiges zu erledigen, hat er mir gesagt. Heute abend ist er wieder zurück.

– Wie schade! Ich hätte mir gewünscht, daß er fortbliebe und Ihnen den Auftrag hinterlassen hätte, mich heute nacht zu behüten.

– Ich glaube, behütet zu werden, haben Sie nicht nötig, Hazel.

– Was ich nötig habe, ist eine Freundin, das wissen Sie doch. Als ich klein war, ist Caroline nicht selten über Nacht bei mir geblieben. Dann haben wir uns die ganze Nacht Geschichten erzählt, Spiele erfunden und gealbert. Ich hätte es gern wieder so.

– Aus dem Alter sind wir heraus.

– Spielverderberin!

Während das junge Mädchen das Thermometer im Mund hatte, überlegte die Pflegerin, ob sie ihr Fragen stellen könnte. Leider mußte sie annehmen, daß einer von Loncours' Schergen ihn auf seinem Horchposten vertrat. Außerdem konnte sie nur hoffen, daß sie beim Verlassen des Rauchsalons nicht gesehen worden war.

– 38.

Sie verbrachte ein paar Sekunden im Badezimmer, kam zurück und begann mit dem Massageritus. Sie war nunmehr sicher, daß Hazel immer unbefangen mit ihr gesprochen hatte, ohne zu ahnen, daß der Alte ihre Gespräche belauschte; jetzt wollte sie herausfinden, was Hazel zu einem anderen Thema wußte. Sie schlug einen Plauderton an:

– Ich habe an unser Gespräch von gestern gedacht. Sie hatten recht: Die Vornamen sind wichtig. Es gibt welche, bei denen man ins Träumen kommt. Welchen Vornamen mögen Sie am liebsten, für ein Mädchen?

– Früher Caroline. Jetzt Françoise.

– Sie verwechseln Namensvorlieben und Freundschaften.

– Das stimmt nur zum Teil. Wenn Sie zum Beispiel Josyane hießen, wäre das trotzdem nicht mein liebster Vorname geworden.

– Gibt es keine Vornamen, die Ihnen gefallen, obwohl Ihnen noch nie jemand mit diesem Namen begegnet ist? fuhr die Ältere fort, in der Hoffnung, daß der bedienstete Horcher an diesen nicht behandlungsdienlichen Fragen keinen Anstoß nehmen würde.

– Habe ich noch nie drüber nachgedacht. Und Sie?

– Ich für mein Teil, ich liebe den Vornamen Adèle. Aber ich habe nie eine Adèle gekannt.

Das Mädchen lachte auf; die Masseurin wußte nicht, wie sie das verstehen sollte.

– Sie sind auch nicht anders als ich. Adèle klingt ganz ähnlich wie mein Vorname, so wie ihr Franzosen ihn ausspricht.

– Stimmt, daran hatte ich nicht gedacht, sagte die Pflegerin verblüfft.

– Wie ich, so leiten auch Sie Ihre Vorliebe aus Ihren

Freundschaften ab. Sofern ich Ihre Freundin bin, fügte sie in ernsterem Ton hinzu.

– Sie wissen doch, daß Sie es sind. Glauben Sie, daß Hazel und Adèle die gleiche Bedeutung haben?

– Gewiß nicht. Aber der Klang ist oft wichtiger als der Sinn. Adèle! Doch, das ist schön. Eine Adèle habe auch ich nie gekannt.

»Sie lügt nicht«, dachte die Pflegerin.

Françoise Chavaigne sah noch einmal in den Registern des Krankenhauses von Nœud nach: Keine Adèle war dort 1903 gestorben.

Sie strengte ihr Gedächtnis an, um sich Loncours' Handschrift in Erinnerung zu rufen: »Aber vielleicht mache ich mir die Mühe vergebens, wenn eine Schwester die Eintragung nach seinem Diktat vorgenommen hat – oder wenn die Schrift auf der Rückseite der Fotografie gar nicht von seiner Hand ist.«

Sie ging alle weiblichen Sterbefälle von 1903 durch: die übliche Hekatombe. »Die Krankenhäuser sind im Grunde nur Sterbeanstalten«, sagte sie sich. Sie war mit der Durchsicht fast fertig, als sie unter dem Datum des 28. Dezember 1903 die Notiz fand:

»Verstorben: Mlle A. Langlais, geb. in Pointe-à-Pitre, Guadeloupe, den 17. 1. 1875.«

A., das konnte Adèle heißen, natürlich, aber ebensogut auch Anne, Amélie oder Angélique. Doch die Handschrift, überaus zierlich, erinnerte sie an die auf dem Foto gesehene. Außerdem erregten zwei Dinge ihre Aufmerksamkeit. Der Schankwirt hatte ihr erzählt, daß die Frau, die

Loncours auf seinem Schiff mitgebracht hatte, keinen ausländischen Vornamen hatte. Guadeloupe paßte gut zu dieser Geschichte. Auch das Geburtsdatum paßte gut zu dem vermutlichen Alter des Mädchens auf dem Foto.

Und schließlich fehlte die Angabe der Todesursache. Das war ebenso ungewöhnlich wie der nur mit dem Initial bezeichnete Vorname. Die Regel sah vor, daß die Vornamen auszuschreiben und die Krankheit oder Todesursache zu benennen waren. »Was für ein Fehler, Herr Kapitän! Solch ein Schweigen ist lauter als jedes Geschrei. Außerdem hätten Sie das ›Mlle‹ weglassen können, nun zeigt es mir das Geschlecht der Leiche an. Aber gewiß konnten Sie nicht ahnen, daß zwanzig Jahre nach den Ereignissen eine Neugierige kommen und die Nase in Ihre Geheimnisse stecken würde.«

Am nächsten Tag rief der Kapitän sie in den Rauchsalon.

– Ich bin enttäuscht, Mademoiselle. Schwer enttäuscht. Ich habe mich in Ihnen geirrt.

Die Pflegerin erbleichte.

– Und ich hatte so viel Vertrauen zu Ihnen gefaßt. Jetzt ist es für immer zerstört.

– Ich habe keine Entschuldigung, Monsieur. Ich brauchte Geld; darum habe ich die Schubladen Ihres Schreibtischs geöffnet.

Loncours sah sie verdutzt an.

– Und warum haben Sie außerdem alles durchwühlt?

Sie hatte eine entsetzliche Angst, spielte aber weiterhin die Diebin:

– Ich hoffte, Bargeld zu finden oder Wertgegenstände,

die ich weiterverkaufen könnte. Da mir nichts von Wert zu sein schien, habe ich nichts genommen. Sie können mich entlassen.

– Es kommt nicht in Frage, daß ich Sie entlasse. Im Gegenteil.

– Wenn ich Ihnen doch sage, ich habe nichts genommen!

– Schluß mit dieser Komödie! Ihnen geht es nicht um Geld. Ein Glück nur, daß ich gestern nach Nœud gefahren bin; sonst würde ich Ihnen jetzt immer noch vertrauen.

– Haben Sie Erkundigungen über mich eingeholt?

– Das war nicht mal nötig. Der Apotheker hat mich auf der Straße vorübergehn gesehen, er ist gleich aus seinem Laden gekommen, um mir ein paar höchst interessante Dinge zu sagen. Zum Beispiel, daß Sie anscheinend jeden Tag ein Thermometer bei ihm gekauft haben.

– Und dann?

– Und dann hat der gute Mann sich gefragt, was Sie wohl mit einem Thermometer pro Tag machen. Mit Ungeschicklichkeit konnte er sich's nicht erklären. Pro Tag ein Thermometer zerbrechen, das kann man nur mit Absicht. Er ist zu dem Ergebnis gekommen, Sie wollten jemanden mit Quecksilber vergiften.

Sie lachte:

– Ich eine Giftmischerin?

– Der Apotheker hat sich erkundigt und erfahren, daß Ihre pflegerischen Dienste zur Zeit nur mir gelten. Er hat angenommen, Sie versuchten mich umzubringen. Ich habe ihm erklärt, er sei im Irrtum, und Sie in den höchsten Tönen gelobt. Zu Ihrem Unglück hat er mir geglaubt.

– Zu meinem Unglück?

– Ja. Wäre er bei seiner Auffassung geblieben, daß Sie eine Kriminelle sind, hätte er vielleicht die Polizei verständigt, und die hätte sich über Ihr Verschwinden Gedanken gemacht.

– Nicht nur die Polizei. Auch die Kollegen im Krankenhaus werden sich wundern.

– Die Kleinigkeit ist schon geregelt. Heute vormittag habe ich Ihrer Oberin mitgeteilt, daß ich Sie heirate und daß Sie nicht mehr zur Arbeit kommen.

– Was?

– Und was das Schönste war, sie hat gleich ausgerufen: »Ich hab's doch geahnt! Was für ein Pech für mich, und was für ein Glück für Sie! So eine schöne, tüchtige und anständige Frau!

– Ich weigere mich, Sie zu heiraten.

Er lachte.

– Sie machen mir Spaß. Heute morgen habe ich die Räume meiner Pflegetochter durchsucht, und im Badezimmer, unten in einem Wandschrank, habe ich Ihren Schatz entdeckt: die Schüssel mit dem Quecksilber. Ich weiß nicht, worüber ich mich mehr wundern soll, über Ihre Intelligenz oder über Ihre Dummheit. Intelligenz, denn darauf mußte man erst mal kommen: Jeden Tag wurden Sie von meinen Männern gefilzt, die Anweisung hatten, keinerlei spiegelndes Material durchzulassen. Aber wer hätte an das Quecksilber im Thermometer gedacht? Nicht schlecht war auch der Trick mit dem Becken für den angeblichen Einlauf.

– Ich verstehe nichts von dem, was Sie da erzählen.

– Und was wollten Sie machen mit diesem Quecksilber?

– Nichts. Aus Versehen ist mir ein Thermometer zerbrochen, und aus Gründen der Hygiene habe ich das Quecksilber in dieser Schüssel gesammelt.

– Sehr komisch. Sie müssen mehr als zehn zerbrochen haben, um so viel Quecksilber zu bekommen. Und hier nun zeigt sich Ihre Dummheit oder wenigstens Ihre Naivität: Wie viele Thermometer, glauben Sie, hätten Sie zerbrechen müssen, ehe das Quecksilber eine brauchbare Spiegelschicht ergeben hätte?

– Wie soll ich das wissen?

– Mindestens vierhundert. Sicherlich dachten Sie, daß Sie ja Zeit genug hätten, nicht wahr? Ich denke mir, daß Sie die Heilung meiner Pflegetochter erst für das nächste Jahr geplant hatten.

– Hazel ist wirklich krank.

– Möglich. Aber Fieber hat sie nicht. Ich habe mich vergewissert – auch ich habe ein Thermometer. Und waren Sie übrigens nicht enttäuscht, feststellen zu müssen, daß sich das Quecksilber auf dem Boden der Schüssel, statt eine Lache zu bilden, hartnäckig in Tröpfchen verteilt hielt? Das ist eine seiner Eigenschaften.

– Von einer gewissen Menge an verschwindet diese Eigenschaft.

– Es freut mich, daß Sie endlich aufhören, die Tatsachen zu leugnen. Es stimmt, diese Eigenschaft würde verschwinden, vorausgesetzt, Sie brauchen nicht anderthalb Jahre, um die Schüssel zu füllen. Denn Quecksilber hat noch andere Eigenschaften. Liebes Fräulein, an Ihren Fähigkeiten als Krankenschwester erlaube ich mir nicht zu zweifeln, wohl aber an Ihrem chemischen Sachverstand. Die Spiegelhersteller verwenden schon seit über zwanzig Jahren kein Quecksilber mehr, weil es nicht unbedingt nötig ist, vor allem aber, weil es sehr giftig ist.

– Auf dem Grund eines Schrankes verborgen, konnte es niemandem schaden.

– Niemandem außer der Schüssel, meine Teure. Nach einem Monat oder nach zweien hätte das Steingut sich zersetzt, und Ihre kostbaren Vorräte wären ausgeflossen. Alle Ihre Bemühungen wären vergebens gewesen. Sie hätten einen Nervenzusammenbruch bekommen, wenn Sie es merkten.

– Nervenzusammenbrüche sind nicht meine Art. Außerdem ist, was Sie behaupten, nicht absolut sicher: Vielleicht hätte die Schüssel auch gehalten. Und hätte der Apotheker Ihnen keinen Floh ins Ohr gesetzt, wäre mein Vorhaben gelungen.

– Aber es war schon ein bißchen naiv zu glauben, man könnte jeden Tag ein Thermometer kaufen, ohne daß es auffällt, und das über ein Jahr lang! Doch das Komischste habe ich Ihnen noch gar nicht gesagt. In der Spiegelmacherei kenne ich mich aus; Sie können sich denken, daß ich Gründe hatte, mich dafür zu interessieren. Nun ja, meine Teure, einmal angenommen, gegen alle Wahrscheinlichkeit wäre es Ihnen gelungen, vierhundert Thermometer zu kaufen, ohne daß jemand Verdacht schöpft, und das Steingut hätte standgehalten, dann wäre ihr Plan trotzdem fehlgeschlagen.

– Warum?

– Weil Ihr Quecksilber ohne eine Glasschicht an der Oberfläche nicht reflektiert. So stählern Ihre Nerven sein mögen, ich glaube, Sie hätten geheult, wenn Ihnen das klargeworden wäre. Denn Sie können sich denken, daß Sie durch die Kontrolle meiner Männer niemals mit einer Glasscheibe durchgekommen wären.

– Ich glaube Ihnen nicht. Quecksilber gibt einen Reflex ab.

– Das ist richtig. Aber nur unter einer Bedingung: Sie müssen es in eine rotierende Bewegung versetzen. Mit einem leichten Schwenken der Schüssel wäre das nicht schwierig gewesen. Aber das hätte eine konkave Oberfläche ergeben, und dem armen Kind nun einen solchen Zerrspiegel hinzuhalten, wäre der Gipfel des Sadismus gewesen, finden Sie nicht?

Er lachte schallend.

– Sie sind genau der Richtige, um mir mit einem solchen Einwand zu kommen!

– Bei mir ist das etwas anderes. Ich liebe Hazel, ich diene meiner Sache. Der Zweck heiligt die Mittel.

– Wenn Sie Hazel liebten, würden Sie doch eher versuchen sie glücklich zu machen, oder?

– Allerdings, Mademoiselle hat mit der Liebe reiche Erfahrungen. Drei belanglose Verlobte, für die Sie nichts empfunden haben, nicht wahr? Und außerdem, Hazel ist glücklich.

Nun war es an ihr, zu spotten.

– Das springt ins Auge, Monsieur! Offenbar haben Sie keine Ahnung davon, was eine glückliche Frau ist. Ich kann mir denken, daß Adèle, Ihre Verflossene, Ihnen auch sehr glücklich vorkam. So glücklich, daß sie sich mit achtundzwanzig Jahren umgebracht hat. Sofern es überhaupt ein Suizid war.

Der alte Mann erbleichte.

– Wenn Sie ihren Namen kennen, müssen Sie das Foto in der Schreibtischschublade gesehen haben.

– In der Tat. Eine Schönheit. Welch ein Jammer!

– Welch ein Jammer, ihr Selbstmord, ja! Denn daß es einer war, daran können Sie nicht zweifeln.

– Ich betrachte es nichtsdestoweniger als einen Meuchelmord. Sie haben sie zehn Jahre lang unter den gleichen Bedingungen festgehalten wie jetzt Ihre Pflegetochter. Wie hätte sie sich da nicht umbringen sollen?

– Sie haben kein Recht, das zu sagen! Wie hätte ich wollen können, daß sie starb, ich, der ich sie mehr als alles in der Welt liebte? Mit einem pathetischen Ausdruck: Ich lebte nur für sie. Als sie sich umgebracht hat, habe ich in einem Maße gelitten, das über Ihr Vorstellungsvermögen ginge. Ich habe nur noch im Gedenken an sie gelebt.

– Sie haben sich nie gefragt, warum sie in den Tod gegangen ist?

– Ich weiß, ich habe meine Fehler. Sie haben keine Ahnung, was Liebe ist: eine Krankheit, die böse macht. Wenn man jemanden wirklich liebt, kann man nicht mehr umhin, ihm zu schaden, selbst und besonders dann, wenn man ihn glücklich machen will.

– Man, man, man! Sie wollen sagen: Sie! Ich habe noch nie von einem Mann gehört, der seiner Geliebten ein solches Schicksal bereitet hätte.

– Das wundert mich nicht. Liebe ist unter Menschen

keine sehr geläufige Erfahrung. Ich bin sicherlich der erste einschlägige Fall, der Ihnen begegnet. Denn ich halte Sie für intelligent genug zu begreifen, daß die Gefühlsangelegenheiten Ihrer Artgenossen den Namen Liebe nicht verdienen.

– Wenn die Liebe darin besteht, dem andern zu schaden, warum gehn Sie dann nicht zielstrebiger zur Sache? Warum haben Sie Adèle nicht gleich bei der ersten Begegnung getötet?

– So einfach ist das nicht. Der Liebende ist ein vielschichtiges Wesen, das zugleich auch den andern glücklich machen will.

– Verraten Sie mir, womit Sie Hazel glücklich zu machen versuchen? Das will mir nicht in den Kopf.

– Ich habe sie aus tiefstem Elend gerettet. Sie lebt hier in Luxus und ohne Sorgen.

– Ich bin sicher, sie würde hundertmal lieber arm und frei sein.

– Hier hat sie Aufmerksamkeit, Zärtlichkeit, Verehrung und Rücksicht. Sie wird geliebt, das weiß sie und spürt sie.

– Da kann sie aber froh sein!

– Jawohl! Sie hingegen, Sie wissen gar nicht, was das ist, das Glück, geliebt zu werden.

– Ich, ich kenne dafür das Glück, frei zu sein.

Der alte Mann schnitt ein Gesicht.

– Und das hält sie nachts warm in ihrem Bett?

– Da wir nun bei diesem Thema sind, von dem Sie nicht loskommen, sollten Sie wissen, daß es Hazel graut vor diesen Nächten, in denen Sie zu ihr ins Zimmer kommen.

– Das sagt sie so, ja. Dennoch mag sie das. Sie wissen doch, dafür gibt es untrügliche Zeichen.

– Seien Sie still, Sie sind widerlich!

– Warum? Weil ich meiner Geliebten Lust bereite?

– Wie sollte ein junges Mädchen auf einen so abstoßenden Mann wie Sie Lust haben?

– Dafür habe ich Beweise. Aber ich bezweifle, daß Sie in dieser Sache gut unterrichtet sind. Die Sexualität scheint mir nicht Ihr Fach zu sein. Für Sie ist der Körper eine Sache, die man untersucht und behandelt, und nicht eine Landschaft, die man zum Erblühen bringt.

– Aber selbst wenn Sie ihr Lust bereiten: Wie können Sie glauben, daß das genügt, um sie glücklich zu machen?

– Hören Sie, Hazel hat Luxus, finanzielle Sicherheit, sie wird in jedem Sinn des Wortes abgöttisch geliebt. Sie ist nicht zu bedauern.

– Eine Kleinigkeit übergehen Sie beharrlich, nicht? Den unglaublichen Schwindel, mit dem Sie Hazel seit fünf Jahren täuschen.

– Das ist wirklich eine Kleinigkeit.

– Kleinigkeit? Ich vermute, Sie haben eine ähnliche Kriegslist auch bei Adèle angewandt.

– Richtig, denn für sie habe ich ja ursprünglich dieses Haus bauen lassen.

– Haben Sie nie bedacht, daß es diese abscheuliche Machenschaft gewesen ist, die sie in den Selbstmord getrieben hat? Wie können Sie es wagen, dies eine Kleinigkeit zu nennen?

– Loncours' Miene wurde düster.

– Ich hatte geglaubt, wenn Sie schließlich dahin käme, mich zu lieben, würde sie das nicht mehr kümmern.

– Jetzt müßten Sie wissen, daß Sie sich geirrt hatten. Beim

ersten Mal hatten Sie wenigstens die Entschuldigung, daß Sie's nicht besser wußten. Nun aber, trotz Ihres fehlgeschlagenen Versuchs mit Adèle, fangen Sie dasselbe mit Hazel an. Sie sind ein Verbrecher! Sehen Sie nicht, daß sie sich auch umbringen wird? Gleiche Ursache, gleiche Wirkung.

– Nein. Damals war es mir nicht gelungen, Adèles Liebe zu gewinnen; dabei habe ich mich dumm angestellt. Nun habe ich aus meinen Fehlern gelernt: Hazel liebt mich.

– Ihre Anmaßung ist grotesk. Wie sollte ein zartes junges Mädchen für einen geilen alten Bock Feuer fangen?

Der Kapitän lächelte.

– Das ist merkwürdig, nicht? Es hat mich selbst erstaunt. Vielleicht haben die zarten jungen Mädchen eine heimliche Vorliebe für die widerlichen Lustgreise.

– Vielleicht auch hatte das junge Mädchen, von dem wir reden, keine andere Wahl. Oder vielleicht täuscht sich der alte Mann, wenn er sich geliebt glaubt.

– Sie werden von nun an für dergleichen Gefühlsspekulationen viel Zeit haben, denn, wie Sie wohl begriffen haben, werden Sie Mortes-Frontières nicht mehr verlassen.

– Sie werden mich nachher töten?

– Ich glaube nicht. Es wäre mir nicht recht, denn ich habe Sie gern. Und Hazel strahlt vor Freude, seit Sie sich um sie kümmern. Sie ist ein zerbrechliches Geschöpf, wenn auch nicht so krank, wie Sie ihr vormachen. Ihr Verschwinden würde sie tief treffen. Sie werden sie also weiterhin pflegen, wie wenn nichts gewesen wäre. Ihr Leben ist einstweilen gerettet, aber vergessen Sie nicht, daß Ihre Gespräche belauscht werden: ein zweideutiges Wort, und ich schicke Ihnen meine Männer!

– Sehr gut. Dann steige ich jetzt gleich zu Hazel hinauf – ich bin schon viel zu spät.

– Ich bitte Sie, ganz nach Ihrem Belieben! sagte Loncours ironisch.

Die Patientin wartete, das Gesicht in Panik.

– Ich weiß, ich habe mich sehr verspätet.

– Françoise, wie schrecklich, ich habe kein Fieber mehr!

– Der Kapitän hat es mir eben gesagt. Das ist eine gute Nachricht.

– Ich will nicht gesund werden!

– Davon sind Sie noch weit entfernt. Die Temperatur war nur ein Symptom Ihrer Krankheit, die gar nicht daran denkt, sich schon zu verabschieden.

– Ist das wahr?

– Ja, es ist wahr. Jetzt schauen Sie doch nicht mehr so verzweifelt drein!

– Die Sache ist nur … irgendwann werde ich ja doch gesund. Unsere Trennung ist nur aufgeschoben.

– Ich schwöre Ihnen, nein! Ich habe die Gewißheit, daß Ihr Leiden chronisch ist.

– Wie kommt es dann, daß ich mich so viel besser fühle?

– Das kommt von meiner Behandlung. Und ich werde nie aufhören, mich um Sie zu kümmern. Sonst kämen Ihre Beschwerden wieder.

– Welch ein Glück!

– Ich habe noch nie jemanden gesehen, der sich über seine schwache Gesundheit so gefreut hat.

– Sie ist ein Geschenk des Himmels. Wie paradox: Nie

bin ich so voller Leben und voller Energie gewesen wie seit Beginn meiner Krankheit.

– Das kommt daher, daß Sie schon vorher leidend waren, ohne es zu wissen. Jetzt haben meine Kuren und Massagen Sie aufgemuntert.

Hazel lachte.

– Ihre Massagen sind es nicht, Françoise, obwohl ich nicht bezweifeln will, daß sie gut sind. Sondern Sie sind es. Ihre Anwesenheit. Das erinnert mich an ein indisches Märchen, das ich als Kind gelesen habe: Ein mächtiger Radscha hatte eine Tochter, die er sehr liebte. Nun wurde das kleine Mädchen aber von einer rätselhaften Krankheit befallen; es siechte dahin, ohne daß man wußte, warum. Aus dem ganzen Land wurden die Ärzte zusammengerufen, und man gab ihnen Bescheid: »Wenn es euch gelingt, die Prinzessin zu heilen, werdet ihr mit Gold überhäuft. Mißlingt es euch aber, wird euch der Kopf abgeschlagen, weil ihr dem Radscha falsche Hoffnungen gemacht habt.« Einer nach dem andern kamen nun die größten Ärzte des Reiches in das Zimmer des Kindes, konnten an seinem Leiden nichts ändern und wurden enthauptet. Bald gab es in Indien nicht einen einzigen Arzt mehr. Schließlich kam ein armer Junge daher und erklärte, er werde die Prinzessin heilen. Die Palastwachen lachten ihn aus: »Du hast ja nicht mal eine Arznei oder ein Werkzeug in deinem Bettelsack! Du rennst in dein Verderben!« Man führte den Jungen in die üppigen Gemächer der Prinzessin. Er setzte sich ans Kopfende ihres Betts und begann ihr Geschichten zu erzählen, Märchen und Sagen. Er konnte wunderbar erzählen, und das Gesicht der kleinen Patientin hellte sich auf. Ein paar Tage später war sie geheilt, und man wußte nun, an welcher Krankheit sie gelitten hatte: an der Langeweile. Der Junge verließ die Prinzessin nie wieder.

– Hübsch, aber unser Fall liegt anders: Sie sind es, die mir schöne Geschichten erzählt.

– Das läuft aufs gleiche raus: Wie schon gesagt, bei einem Gespräch kommt es auf den Zuhörer an.

– Kurz, ich vertreibe Ihnen die Langeweile.

– Nein. Ich könnte nicht sagen, daß ich mich langweile. Die riesige Bibliothek des Kapitäns steht mir offen, und zum Glück lese ich mit Begeisterung. Gelitten habe ich, bevor Sie kamen, an der Einsamkeit.

– Was lesen Sie?

– Alles mögliche. Romane, Gedichte, Dramen, Erzählungen. Ich lese oft wieder dasselbe; es gibt Bücher, die bei wiederholtem Lesen immer besser werden. Vierundsechzigmal habe ich *Die Kartause von Parma* gelesen, und mit jedem Mal wurde sie aufregender.

– Wie kann man vierundsechzigmal denselben Roman lesen wollen?

– Wenn Sie sehr verliebt sind, wollen Sie dann mit dem Angebeteten nur eine Nacht verbringen?

– Das kann man nicht vergleichen.

– Doch. Derselbe Text oder dieselbe Begierde können in so vielen Abwandlungen erlebt werden. Es wäre schade, wollte man sich mit einer einzigen begnügen, besonders wenn die vierundsechzigste die beste ist.

Als sie das hörte, dachte die Pflegerin, daß Loncours vielleicht doch recht hatte, wenn er dem Mädchen Lustempfindungen zuschrieb.

– So belesen wie Sie bin ich nicht, sagte die Masseurin in einem vieldeutigen Ton.

Zwei Stunden später befahl ihr der Alte, ihm zu folgen.

– Wohlgemerkt, meine Pflegetochter weiß nichts davon, daß Sie hier sind. Sie werden in Ihre Räume im anderen Flügel des Hauses eingeschlossen.

– Und womit soll ich meine Zeit verbringen, abgesehen von den zwei Stunden täglich an Hazels Bett?

– Das ist Ihr Problem. Das hätten Sie sich überlegen sollen, bevor Sie sich auf die Spiegelmacherei verlegten.

– Es scheint, Sie haben eine große Bibliothek.

– Was möchten Sie lesen?

– *Die Kartause von Parma.*

– Wissen Sie, was Stendhal gesagt hat: »Ein Roman ist wie ein Spiegel, den man auf einer großen Straße spazieren trägt.«

– Das ist aber der einzige Spiegel, den Ihre Pflegetochter benutzen darf.

– Es gibt keinen besseren.

Sie kamen in ein Zimmer, in dem die Wände, die Sessel und das Bett mit dunkelrotem Samt bezogen waren.

– Dies nennen wir das Karmesinzimmer. Ich mag diese Farbe nicht sonderlich; daß ich sie dennoch gewählt habe, geschah aus Liebe zu diesem Wort. So habe ich Gelegenheit, es auszusprechen. Dank Ihnen werde ich es sicherlich nun öfter gebrauchen.

– In meinem Zimmer in Nœud habe ich Licht. Dort gibt es ein richtiges Fenster, mit Blick aufs Meer, nicht eine Luke in unerreichbarer Höhe.

– Wenn Sie Licht brauchen, knipsen Sie die Lampen an.

– Was ich möchte, ist Sonnenlicht. Keine künstliche Beleuchtung kann es ersetzen.

– Hier ziehen wir den Schatten vor. Richten Sie sich nun hier ein!

– Mich einrichten? Ich habe kein Gepäck, Monsieur.

– Ich habe eine Garderobe zusammengestellt.

– Ach, bekomme ich auch etwas von Adèles Aussteuer?

– Sie sind groß und schlank, es könnte passen. Nebenan haben Sie ein Badezimmer. Ein Diener wird Ihnen das Essen bringen. Und natürlich auch *Die Kartause von Parma*.

Er ging hinaus und schloß die Tür ab. Die Pflegerin hörte die Treppenstufen ächzen. Bald verstummte jedes Geräusch bis auf das gedämpfte Rauschen des Meeres.

Eine Stunde später kam ein Diener, begleitet von einem Schergen, und brachte ein Tablett: Hummersuppe, Ente in Orangensauce, Rosinenkuchen in Rum und *Die Kartause von Parma*.

»Was für ein Luxus! Man will mir imponieren«, dachte sie. Aber sie war es nicht gewohnt, für sich allein zu essen, und die einfache Kost, die sie im Speisesaal des Krankenhauses zusammen mit den Kolleginnen einnahm, hätte sie mehr gereizt.

Nach der Mahlzeit legte sie sich aufs Bett und fing den Roman von Stendhal an. Sie las mehrere Seiten, dann legte sie ihn weg. »Was kann Hazel nur an diesen Geschichten über Napoleons Schlachten und die italienischen Adligen finden?« dachte sie. »Es langweilt mich. Vielleicht, weil ich nicht die nötige Moral habe.«

Sie löschte das Licht und dachte an ein anderes Buch, von dem Hazel gesprochen und das Françoise auch gelesen hatte: *Der Graf von Monte Christo.* »Meine Freundin, es war prophetisch von Ihnen, diesen Roman zu erwähnen: Von nun an bin ich wie Sie gefangen im Château d'If.«

Sie machte sich auf eine schlaflose Nacht gefaßt. Aber sie schlief tief und fest, fast wie im Koma. Am nächsten Morgen wurde sie von Loncours geweckt, der auf ihre Hand klopfte. Sie schrie auf, beruhigte sich aber, als sie hinter ihm den Diener sah, der das Tablett vom Abendessen mit dem für das Frühstück vertauschte.

– Sie haben angekleidet geschlafen, ohne ins Bett zu gehen.

– In der Tat. Ich hatte nicht erwartet, so unwiderstehlich in den Schlaf gezogen zu werden. Haben Sie mir eine Droge ins Essen getan?

– Nein, Sie haben dasselbe gegessen wie wir. Man schläft gut auf Mortes-Frontières.

– Welch ein Glück für mich, in einem solchen Paradies Aufnahme zu finden! Warum sind Sie gekommen? Sie hätten doch einen Ihrer Männer schicken können, wenn es nur darum ging, mich zu wecken.

– Ich sehe gern eine schlafende junge Schönheit. Für einen alten Mann gibt es keinen erfreulicheren Anblick.

Als er ging, schloß er die Tür doppelt ab. Nach dem Frühstück legte sie sich wieder hin, mit der *Kartause von Parma.* Zu ihrer tiefen Beschämung langweilte das Buch sie noch immer.

Sie legte es weg und beschloß, sich von ihrer frivolen Seite zu zeigen. Sie öffnete den Schrank, um zu sehen, was der Kapitän an Kleidern für sie ausgewählt hatte. Es waren Kleider nach der Mode vor dreißig Jahren, lang, mit Lochstickereien, die meisten weiß. »Diese Vorliebe der Männer für Frauen in Weiß!« dachte sie.

Sie nahm eines, das sie sehr schön fand, und hatte einige Mühe, es ohne fremde Hilfe anzuziehen; sie war nur ihre Schwesternbluse gewohnt, in die sie binnen zwei Sekunden hineinschlüpfte. Als alles an seinem Platz war, wollte sie sehen, was sie in diesem Aufputz für eine Figur machte, und da erst fiel ihr ein, daß es nirgendwo einen Spiegel gab.

Sie fluchte. »Wozu prächtige Kleider, wenn man sich nicht in ihnen betrachten kann?« Sie zog sich aus und ging ins Badezimmer, um sich dort herzurichten. Aber es gab weder Badewanne noch Waschbecken. »Immer diese Spiegelphobie! Dieses Haus macht mich verrückt.«

Eine Stunde lang blieb sie unter der Dusche und dachte sich Pläne aus, aber keiner führte irgendwohin. Sauber wie ein chirurgisches Instrument legte sie sich dann wieder hin. »Mein Schlafbedürfnis ist hier einfach unersättlich.« Sie erinnerte sich an etwas, das sie in der Schwesternausbildung gelernt hatte: Manche Personen, die aus irgendeinem Grund mit ihrem gegenwärtigen Schicksal unzufrieden sind, finden den Ausweg in einer unbewußten Lösung, die man die Flucht in den Schlaf nennt. Je nach dem Grad der Unzufriedenheit kann dies von unzeitiger Schläfrigkeit bis hin zu krankhafter Lethargie gehen.

»Und so erwischt es mich jetzt«, diagnostizierte sie wütend. Eine Minute später fand sie es gar nicht mehr so schlimm. »Warum dagegen ankämpfen? Ich habe schließlich nichts Besseres zu tun. Dieses Buch langweilt mich, ich habe keinen Spiegel für die Kleideranproben, und Grübeln bringt mich auch nicht weiter. Schlafen ist eine wunderbare, kluge Beschäftigung.«

Und bald war sie weg.

Der Alte stand an ihrem Bett.

– Sind Sie krank, Mademoiselle?

– Ich mache mir meine Gefangenschaft zunutze und verordne mir eine Schlafkur.

– Hier ist Ihr Mittagessen. Ich werde Sie in zwei Stunden zu meiner Pflegetochter bringen. Halten Sie sich bereit!

Noch halb im Schlaf, aß sie. Dann ließ sie sich aufs Bett zurücksinken und spürte, wie Morpheus sie von neuem beschlich. Schließlich raffte sie sich auf, ging ins Bad und nahm eine eiskalte Dusche, von der sie wach wurde. Sie stieg wieder in das altmodische Kleid, das sie anprobiert hatte. Dann frisierte sie sich so ordentlich, wie es ohne Spiegel möglich war.

Als Loncours ins Zimmer trat, wich er einen Schritt zurück:

– Wie schön Sie sind! sagte er mit einem anerkennenden Blick.

– Freut mich zu hören. Wenn ich einen Spiegel hätte, könnte ich mich vielleicht auch über den Anblick freuen.

– Ich hatte recht, Sie sind ebenso schlank wie sie. Dennoch sehen Sie ihr nicht ähnlich.

– Gewiß, ich werde nie wie das Kaninchen vor der Schlange aussehen.

Er lächelte und führte sie zur anderen Seite des Hauses. Als sie in Hazels Zimmer eintrat, blieb er zurück. Hazel empfing sie mit einem Aufschrei:

– Françoise, sind Sie's? Wo haben Sie Ihre Schwesternbluse gelassen?

– Vermissen Sie die?

– Prachtvoll sehn Sie aus! Drehn Sie sich mal herum! Ah, herrlich! Was ist los?

– Ich hab mir gedacht, um Sie zu massieren, brauche ich keine Berufskleidung. Dieses Kleid hab ich von meiner Mutter; ich fand es absurd, daß ich es nie getragen habe.

– Da kann ich Ihnen nur zustimmen: Sie sehen unvergleichlich hoheitsvoll darin aus.

– Haben Sie nicht auch allerlei schöne Sachen?

– Ich habe sie seit langem nicht mehr getragen. Da ich meine Zeit im Bett verbringe, habe ich gar keine Gelegenheit dazu.

– Vielleicht würde der Kapitän sich doch freuen, Sie einmal schön hergerichtet zu sehen.

– Ich weiß nicht, ob ich so viel Lust habe, ihm eine Freude zu machen.

– Wie undankbar! sagte die Masseurin, innerlich jubelnd bei der Vorstellung, daß der Alte dies mit anhörte.

– Gewiß, ich bin boshaft, seufzte das Mädchen. Gestern abend ist er mir auf die Nerven gegangen; ich fand ihn steif, schrulliger denn je. Ich habe immer den Eindruck, daß er etwas vor mir verbirgt – oder, richtiger, vor der ganzen Welt. Sie nicht?

– Nein.

– Ist das nicht eigenartig: ein Seemann, der die See haßt und trotzdem auf einer Insel lebt, abseits von aller menschlichen Gesellschaft?

– Nein, sagte die Pflegerin. Sie dachte, daß die See ihm

den Haß, den er ihr entgegenbrachte, wohl angemessen heimzahlte.

– Wie erklären Sie es sich dann?

– Ich erkläre es mir nicht. Es geht mich nichts an.

– Wenn sogar Sie mich nicht verstehen…

Françoise spürte, daß das Gespräch eine gefährliche Richtung nahm, und wechselte schleunigst das Thema:

– Gestern, nach unserem Gespräch, habe ich mir *Die Kartause von Parma* besorgt, die ich noch nicht kannte.

– Gute Idee! rief Hazel in heller Aufregung. Wie weit sind Sie gekommen?

– Nicht sehr weit. Um ehrlich zu sein, sie langweilt mich.

– Wie ist das möglich?

– All diese Geschichten von der Armee in Mailand und den französischen Soldaten…

– Das gefällt Ihnen nicht?

– Nein.

– Trotzdem, es ist schön. Macht nichts, dieses Stück ist nicht lang. Danach kommen Sie zu ganz anderen Dingen. Wenn Sie Liebesgeschichten wollen, die kommen auch noch.

– Das ist es nicht unbedingt, was mich interessiert.

– Und was lesen Sie gern?

– Gefängnisgeschichten, antwortete die Pflegerin mit einem bedeutungsvollen Lächeln.

– Da sind Sie an die richtige Adresse gekommen: Stendhals Helden kommen oft ins Gefängnis. So auch Fabrice del Dongo. Ich bin wie Sie, ich liebe Gefängnisgeschichten auch.

– Vielleicht, weil Sie sich selbst wie in einem Gefängnis fühlen, sagte die Ältere, die nun mit dem Feuer spielte.

– Ist das nötig? Sie fühlen sich nicht so, und trotzdem begeistern Sie sich für solche Geschichten. Der Grund ist, daß die Gefangenschaft ein furchtbares Geheimnis birgt: Wenn ein Mensch über keine anderen Hilfsmittel mehr verfügt als die eigene Person, wie kann er dann weiterleben?

– Was das Gefängnis für mich interessant macht, das sind die Anstrengungen des Gefangenen, daraus zu entkommen.

– Aber die Flucht ist nicht immer möglich.

– Doch, immer!

– Es kommt auch vor, daß man an seinem Kerker Gefallen findet. So ergeht es dem Helden der *Kartause,* der gar nicht mehr daraus befreit werden will. Schwören Sie mir, Françoise, daß Sie in diesem Buch weiterlesen!

– Gut.

– Und machen Sie mir noch eine Freude: Frisieren Sie mich!

– Wie bitte?

– Ist es denn nötig, daß Sie mich unablässig massieren? Gönnen Sie mir eine Erholung, und frisieren Sie mich; ich habe das so gern!

– Knoten, Zopf?

– Ist mir egal. Ich liebe es, wenn sich jemand an meinen Haaren zu schaffen macht. Seit Jahren schon hat sie mir niemand mehr gekämmt, gebürstet –

– Sie hätten den Kapitän darum bitten sollen.

– Männer sind nicht fähig, das Haar behutsam anzufassen. Dazu braucht es die Hände einer Frau – und zwar nicht der erstbesten. Es müssen liebevolle Hände sein, zarte, streichelnde und geschmeidige: die Ihren.

– Setzen Sie sich auf diesen Stuhl!

Hazel ließ es sich nicht zweimal sagen. Die junge Frau nahm die Bürste und strich durch die langen Haare des Mädchens, das wollüstig die Augen schloß.

– Tut das gut!

Françoise runzelte die Stirn.

– Hören Sie, Hazel, stellen Sie sich vor, wenn jemand uns hörte, der könnte auf Gedanken kommen …

Das Mädchen lachte schallend.

– Niemand hört uns. Und außerdem, was soll Schlimmes daran sein, seiner Freundin das Haar zu richten? Machen Sie weiter, bitte!

Françoise strich mit der Bürste durch das nußbraune Haar.

– Das ist eine Wohltat. Ich habe das schon immer gemocht. Als ich klein war, haben die Schulkameradinnen mit den Fingern in meinen Haaren gespielt; ich glaube, deshalb habe ich sie lang getragen. Es war ein ungeheurer Genuß, aber ich wäre eher gestorben, als daß ich's zugegeben hätte, und wenn meine Freundinnen mir mit den Händen durch die Haare fuhren, setzte ich eine ungnädige, verdrossene Miene auf. Das reizte sie erst recht, und je mehr ich knurrte, desto eifriger spielten sie mit meinen Haaren. Daß ich daran Freude hatte, behielt ich für mich. Eines Tages wollte ein Junge sich daran beteiligen; er hat so stark gezogen, daß ich vor Schmerz aufschrie. Moral: Die Männer sollen bleiben, wo sie sind.

Die beiden jungen Frauen begannen zu lachen.

– Sie haben eine prächtige Mähne, Hazel. So schöne Haare habe ich noch nie gesehen.

– Irgendwas an mir muß ja hübsch sein. Im *Onkel Vanja* von Čechov gib es eine Heldin, die seufzt: »Den häßlichen Mädchen sagt man immer, daß sie schöne Haare und schöne Augen haben.« Mir könnte man nicht einmal sagen, ich hätte schöne Augen.

– Fangen Sie nicht schon wieder an zu jammern!

– Keine Sorge! Worüber sollte ich jammern, bei so viel Wonne? Bitte, kämmen Sie mich jetzt! Ah, ich muß Sie loben, Sie machen das wunderbar! Der Kamm erfordert mehr Talent als die Bürste. Köstlich, sie haben magische Hände.

– Dieser Kamm ist entzückend.

– Und nicht ohne Grund: Er ist aus Kamelienholz. Der Kapitän hat ihn vor vierzig Jahren aus Japan mitgebracht.

Die Pflegerin dachte sich, daß er früher sicherlich von Adèle benutzt worden war.

– Das ist das Vorteilhafte am Zusammenleben mit einem Mann, der lange die Meere befahren hat: Er schenkt mir seltene Dinge, die von weit her kommen, und erzählt ebenso schöne wie exotische Geschichten. Wissen Sie, wie sich die Japanerinnen einst die Haare gewaschen haben?

– Nein.

– Ich spreche, wohlgemerkt, von den Prinzessinnen. Von je höherer Abkunft eine Dame war, desto länger trug sie das Haar – die Frauen aus dem Volk trugen es kürzer, weil das bei der Arbeit praktischer war. Wenn das Haar einer Prinzessin Anzeichen von Unsauberkeit erkennen ließ, wartete man einen sonnigen Tag ab. Dann ging das edle Fräulein mit seinen Kammerfrauen an den Fluß und legte sich dicht ans Ufer, so daß der Haarschopf ins Wasser hinabhing. Die Dienerinnen stiegen in den Fluß. Jede nahm eine der unzähligen Haarsträhnen, befeuchtete sie bis an die Wurzeln, rieb sie mit den Fingern der Länge nach mit kostbarem Kampfer- und Ebenholzpuder ein und spülte sie in der Strömung. Dann stiegen sie aus dem Wasser und baten die Prinzessin, sich etwas weiter oben auf die Uferwiese zu legen, damit man ihr nasses Haar dort ausbreiten konnte. Jede der Damen nahm sich wieder der ihr zugeteilten Strähne an, holte ihren Fächer hervor und machte sich ans Werk: als wären hundert Schmetterlinge gekommen, um mit vereintem Flügelschlag dem Fräulein das Haar zu trocknen.

– Entzückend!

– Aber umständlich. Haben Sie bedacht, wie viele Stunden das gedauert haben muß? Daher haben sich die Japanerinnen in alten Zeiten nur viermal im Jahr die Haare gewaschen. Schwer, sich vorzustellen, daß in dieser so verfeinerten Zivilisation, wo Ästhetik alles war, die Schönen meistens eine fettig glänzende Frisur trugen.

– Ich bewundere Ihre Art, hübsche Geschichten zu erzählen, um deren Poesie gleich darauf zu erdolchen.

– Es gefiele mir nicht schlecht, eine japanische Prinzessin zu sein. Sie wären dann meine Gesellschaftsdame, und wir würden an den Fluß gehen, um mir die Haare zu waschen.

– Das könnten wir hier am Meer tun, sagte Françoise in der plötzlichen Hoffnung, endlich eine Gelegenheit zu finden, Hazel über alles aufzuklären, was man ihr verheimlichte.

– Meerwasser ist nicht gut für das Haar.

– Was schadet es? Sie können später unter der Dusche nachspülen. O ja, gehen wir gleich hinaus!

– Das tun wir nicht. Wie soll ich mich als Japanerin fühlen, wenn ich vor mir die normannische Küste sehe?

– Dann gehen wir zur offenen See hin!

– Sie sind verrückt, Françoise. Sie wollen doch nicht in dieses eiskalte Wasser steigen, im März!

– Ich bin abgehärtet. Los, kommen Sie! bat sie und zog Hazel am Arm.

– Nein! Ich sagte doch schon, ich habe keine Lust, hinauszugehn.

– Aber ich habe Lust.

– Sie können ja ohne mich gehn.

»Das ist mir nicht erlaubt«, dachte die Pflegerin und zerrte Hazel zur Tür hin. Hazel machte sich los und schrie wütend:

– Was ist denn in Sie gefahren?

– Ich wäre so gern mit Ihnen allein!

– Sie sind doch mit mir allein!

Verzweifelt, weil sie ein solches Risiko eingegangen war und nichts erreicht hatte, befahl die junge Frau der Patientin, sich hinzulegen, und begann sie erneut zu massieren.

Zwei Schergen geleiteten sie zurück ins Karmesinzimmer. Gleich darauf erschien der Kapitän.

– Nehmen Sie sich in acht, Mademoiselle! Sie überschreiten die Grenzen.

– Dann strafen Sie mich doch!

– Ich könnte Sie beim Wort nehmen!

– Es würde Ihnen viel Ärger machen, wenn Sie mich umbringen müßten. Hazel würde den Verstand verlieren.

– Es gibt noch anderes als Mord.

– An was denken Sie?

– Das überlasse ich Ihrer Phantasie. Noch ein solcher Streich, und ich ziehe andere Saiten auf!

Françoise verbrachte die Nacht mit der Lektüre der *Kartause von Parma*. Zu ihrem Erstaunen machte ihr der Roman nun viel Freude. Um sechs Uhr morgens wurde sie damit fertig.

Am frühen Nachmittag brachten Loncours' Männer sie zum Zimmer ihrer Patientin. Hazel empfing sie mit gequälter Miene.

– Eigentlich müßte ich so ein Gesicht machen. Gestern haben Sie mich behandelt wie eine Dienstbotin.

– Verzeihen Sie mir, Françoise. Ich weiß, ich bin nicht immer leicht zu ertragen. Sehn Sie, wir haben heute den 29. März. In zwei Tagen habe ich Geburtstag, und ich vergehe vor Angst.

– Es gibt keinen Grund, davor Angst zu haben, daß man dreiundzwanzig wird.

– Darum geht es nicht. Der Kapitän macht ein Trara daraus, daß wir zusammen ein Jahrhundert alt werden. Alte Leute haben oft solch schrullige Ideen über Zahlensymbolik. Und ich habe Angst vor der Art und Weise, auf die er das womöglich feiern will, wenn Sie verstehn, was ich meine.

Die Pflegerin hielt es für ratsam, das Thema zu wechseln.

– Sie werden es nicht glauben, ich bin mit der *Kartause von Parma* fertig geworden. Ich habe die ganze Nacht durch gelesen.

– Und, hat es Ihnen gefallen?

– Das ist das Mindeste, was ich sagen kann.

Es folgte eine lange Befragung – »und wie fanden Sie das, als ...«, »und hat Ihnen die Stelle gefallen, wo ...« Weil die *Kartause von Parma* ein dickes Buch ist, kam es sogar zu einem Streit.

– Wohlgemerkt, Fabrice und Clelia sind Schwachköpfe. Die Herzogin Sanseverina und der Graf Mosca sind die wahren Helden der Geschichte, darüber ist alle Welt sich einig. Aber die Szene im Gefängnis ist so köstlich, daß man den jungen Narren alles verzeiht, bemerkte Hazel.

– Welche? Als Fabrice sie durch die Öffnung in der Blende seines Fensters sieht?

– Nein, als er zum zweiten Mal eingekerkert wird und sie zu ihm kommt, um ihm ihre Jungfernschaft zu opfern.

– Wovon reden Sie?

– Na, haben Sie das Buch nun gelesen oder nicht?

– Ich weiß, von welcher Szene Sie reden, aber daß sie miteinander schlafen, wird dort nicht gesagt.

– Nicht schwarz auf weiß. Trotzdem, da kann kein Zweifel sein.

– Wie erklären Sie sich dann, daß ich diesen Eindruck nicht hatte, als ich die Stelle las?

– Sie waren vielleicht zerstreut.

– Wir reden doch von der Szene, in der Clelia in seine

Zelle kommt, um zu verhindern, daß er die vergiftete Mahlzeit anrührt.

– Ja. Dort heißt es: »... Fabrice konnte einer beinahe unwillkürlichen Bewegung nicht widerstehen. Es wurde ihm kein Widerstand geleistet.« Schön, dieser letzte Satz, nicht?

– Sie kennen das Buch auswendig?

– Nach vierundsechzigmaligem Lesen ist das nichts Besonderes. Vor allem diese Passage, die für mich das schönste Beispiel in der gesamten Literatur für eine Mitteilung zwischen den Zeilen ist.

– Ich glaube, nur Ihre perverse Phantasie findet in dieser Passage etwas zwischen den Zeilen.

– Meine perverse Phantasie? rief Hazel.

– Man muß schon pervers sein, um darin Anzeichen für eine Entjungferung zu erkennen.

– Man muß schon sehr prüd sein, um sie nicht zu erkennen.

– Prüd, nein, Krankenschwester, ja! So kann man ein Mädchen gar nicht entjungfern.

– In der Frage haben Sie wohl Ihre Fachkenntnisse, Françoise? spöttelte Hazel.

– Ich bin da nur realistisch.

– Hier geht es nicht darum, was realistisch, sondern darum, was literarisch ist.

– Genau. Und im Text heißt es »eine beinahe unwillkürliche Bewegung«. Man defloriert kein Mädchen mit einer fast unwillkürlichen Bewegung.

– Warum nicht?

– Zunächst mal: Ich würde das nicht eine Bewegung nennen.

– Das ist eine Litotes.

– Defloration mit einer Litotes? Das finde ich ein bißchen stark.

– Ich finde es bezaubernd.

– Sodann, angenommen, diese Regung wäre wirklich eine Entjungferung, so kann sie nicht unwillkürlich sein.

– Und warum nicht?

– Er verzehrt sich nach ihr über Hunderte von Seiten. Da kann es doch nicht unwillkürlich sein, wenn er nun zur Tat schreitet!

– Das soll doch nicht heißen, daß es aus Versehen geschieht oder daß er sie nicht begehrt. Es soll heißen, daß ihn die Leidenschaft hinreißt, daß er sich nicht mehr beherrschen kann.

– Was mich am meisten stört, ist dieses »beinahe«.

– Es sollte Sie vielmehr beruhigen, da es doch dieses »unwillkürlich« einschränkt, an dem Sie Anstoß nehmen.

– Im Gegenteil. Wenn es sich um eine Defloration handelt, ist dieses »beinahe« unvertretbar. Das Wort hat etwas von einer Beiläufigkeit, die Ihre Deutung unwahrscheinlich macht.

– Eine Defloration kann ganz beiläufig geschehen.

– Nicht, wenn man unsterblich verliebt ist.

– Ich wußte gar nicht, daß Sie so romantisch sind, Françoise, sagte das Mädchen mit spöttischem Lächeln. Ich kann mich erinnern, aus Ihrem Munde schon überaus pragmatische Aussagen über geschlechtliche Dinge gehört zu haben.

– Ja, eben: Wie stellen Sie sich die Sache praktisch vor, in einer Gefängniszelle, auf einer Tischkante?

– Das ist technisch möglich.

– Nicht mit einer verängstigten Jungfrau.

– So verängstigt kam sie mir nicht vor. Wenn Sie meine Meinung hören wollen: Sie ist schon in der Absicht gekommen, sich Fabrice hinzugeben.

– Das entspräche nicht ihrem Charakter als brave Tochter. Aber noch mal zum Technischen: Ist Ihnen klar, was die Frauen damals für Wäsche trugen? Da war alles so verwickelt, daß etwas dergleichen ohne Mithilfe der Frau gar nicht möglich war. Können Sie sich vorstellen, daß Clelia bei ihrer Entjungferung kooperiert?

– Junge Mädchen sind manchmal erstaunlich verwegen.

– Sie sprechen aus Erfahrung?

– Bleiben wir beim Thema! Fabrice ist ein feuriger junger Italiener, der Held eines großen Romans aus dem letzten Jahrhundert. Er ist wahnsinnig verliebt in Clelia, und nach ewigem Warten hat er endlich einmal das Glück, mit ihr allein zu sein. Wenn er diese Gelegenheit nicht nutzte, wäre er ein Schäfchen.

– Ich sage nicht, daß er sie nicht anrührt, ich sage, er macht etwas anderes mit ihr.

– Ach! Darf man wissen, was?

– Das Wort »Regung« scheint mir eher auf eine Zärtlichkeit hinzudeuten.

– Eine Zärtlichkeit – und welcher Art? Sagen Sie's deutlicher!

– Ich weiß nicht … Vielleicht streichelt er ihr die Brust?

– Da gäbe er sich mit wenig zufrieden, Ihr schmachtender Liebhaber! Wenn er etwas in der Hose hat, wird er mehr wollen.

– »Mein schmachtender Liebhaber«? Sie reden so, als ob ich der Autor wäre. Ich kommentiere doch nur, was da geschrieben steht.

– Unsinn! Große Bücher haben es so an sich, daß jeder Leser auch der Autor ist. Sie können herauslesen, was Sie wollen. Und Sie wollen nicht viel.

– Es geht nicht darum, was ich will. Hätte Stendhal gewollt, daß Clelia unter solchen Umständen entjungfert wird, so hätte er es deutlicher gesagt. Er hätte das nicht mit zwei vagen Sätzen abgetan.

– Doch, gerade! Das nenne ich Eleganz. Wollen Sie Details?

– Ja.

– Aber das ist eben Stendhal, Françoise, nicht Bram Stoker. Sie sollten lieber Vampirgeschichten lesen: Die hämoglobinhaltigen Szenen würden Sie eher befriedigen.

– Sagen Sie nichts gegen Bram Stoker, den lese ich gern!

– Ich auch. Ich mag Birnen, ich mag Granatäpfel. Ich verachte die Birne nicht, weil ihr Geschmack ein anderer ist als der des Granatapfels. An der Birne schätze ich das feine Aroma, am Granatapfel das Blut, das am Kinn hinabtrieft.

– Das Beispiel scheint mir gut gewählt.

– Übrigens, wenn Sie eine Schwäche für Vampire haben, sollten Sie *Carmilla* von Sheridan Le Fanu lesen.

– Um noch mal auf die *Kartause* zurückzukommen: Könnte es nicht sein, daß wir beide recht haben? Wenn Stendhal sich mit zwei Sätzen begnügt hat, dann vielleicht, weil er zweideutig bleiben wollte. Oder vielleicht konnte er sich selbst nicht entscheiden.

– Zugegeben. Aber warum legen Sie so viel Wert darauf, daß es so ist?

– Ich weiß nicht. Mir scheint, daß zwei Menschen sich tief miteinander verbunden fühlen können, ohne sich im biblischen Sinne »erkannt« zu haben.

– Da sind wir einig.

Die Massage ging in Stille weiter.

Zehn Minuten nachdem Françoise in das Karmesinzimmer zurückgekehrt war, kam Loncours.

– Ich bringe Ihnen *Carmilla,* weil ich ahne, daß Sie mich darum bitten werden.

– Ich sehe, Ihnen entgeht noch immer kein Wort von unseren Gesprächen.

– Ich täte mir unrecht, wenn ich es mir nicht gönnte. Zwei junge Frauen über Clelias Defloration streiten zu hören, fand ich köstlich. Ich bin übrigens Ihrer Meinung: Ich denke, die kleine Conti bleibt Jungfrau.

– Von Ihnen erstaunt mich das. Sie sind doch sonst kein Freund der Enthaltsamkeit, sagte sie spöttisch.

– Richtig. Aber ich sehe in Fabrice del Dongo den absoluten Kretin. Daher meine Meinung.

– Ich finde es nur normal, daß ein Lustgreis einen idealistischen jungen Mann verachtet.

– Es ist auch ganz normal, daß eine reine junge Frau einen Lustgreis verachtet.

– Sind Sie gekommen, um mir Ihre literarischen Auffassungen darzulegen?

– Ich brauche Ihnen nicht Rechenschaft zu geben. Ich rede eben gern mit Ihnen, weiter nichts.

– Ihr Vergnügen kann ich nicht teilen.

– Das ist mir egal, meine Teure. Ich für mein Teil, ich mag Sie gern. Ihr Gesicht ist so schön, wenn Sie sich über mich entrüsten.

– Wieder eine typisch senile Art der Befriedigung.

– Sie ahnen ja nicht, welche Freude Sie mir mit solchen Bemerkungen machen! Ich genieße Ihren Abscheu. Es stimmt, ich gönne mir an Befriedigungen, was ich bekommen kann. Und stellen Sie sich vor, das ist wohltuend und ein sehr viel höherer Genuß als die billigen Freuden der Jugend. Ich bin wie geschaffen für das Alter. Es trifft sich gut, denn alt bin ich seit langem. Mit fünfundvierzig sah ich schon wie fünfundsechzig aus. Die See hatte mir das Gesicht zerpflügt.

– Ich kann mit Ihren Bekenntnissen nichts anfangen.

– Als ich Adèle begegnete, war ich siebenundvierzig, sie achtzehn, aber der Altersunterschied schien sehr viel größer zu sein. Warum ich Ihnen das erzähle? Weil Sie der einzige Mensch sind, mit dem ich über Adèle sprechen kann. Ich habe nie mit jemand anderem über sie gesprochen, aus gutem Grund.

– Haben Sie das Bedürfnis, über sie zu sprechen?

– Ein Bedürfnis, das um so furchtbarer ist, weil es seit zwanzig Jahren ungestillt ist. Hazel weiß von nichts, und dabei muß es auch bleiben. Sonst könnte sie auf schlimme Gedanken kommen.

– Und vor allem könnte es ihr vor der Lüge die Augen öffnen, in der Sie sie gefangenhalten. Sie weiß nicht mal, daß ihre Nachthemden von Adèle stammen. Sie weiß auch nicht, daß Sie selbst der Architekt dieses sonderbaren Hauses sind. Sie glaubt, es sei schon so gewesen, als Sie es kauften.

– Es gibt noch vieles, das sie nicht weiß. Und das auch Sie nicht wissen.

– Erzählen Sie schon, sonst ersticken Sie an Ihrem Mitteilungsdrang!

– Als ich Adèle kennenlernte, vor dreißig Jahren in Pointe-à-Pitre, war ich wie vom Blitz getroffen. Sie haben ihr Porträt gesehen: ein Engel, vom Himmel gefallen. Bis dahin war ich noch nie verliebt gewesen. Das Schicksal hatte es so gewollt, daß ich schon wie ein alter Mann aussah. Als Waise aus guten Verhältnissen war Mademoiselle Langlais eine vielumworbene junge Dame. Ich hatte keine Chance. Aber dann kam jene schicksalhafte Katastrophe. Ein Abgeordneter kam auf der Durchreise nach Guadeloupe, und ihm zu Ehren gab man einen Ball. Ganz Pointe-à-Pitre war versammelt – ja, Sie können sich nicht vorstellen, was für Affentänze ich mitgemacht habe, nur um dieses junge Mädchen zu sehen, das mein Dasein überhaupt nicht bemerkte. In dumpfer Verzweiflung schaute ich zu, wie sie tanzte. Wer sollte besser als ein verliebter Greis die Qualen kennen, die es bereitet, das absolut Unerreichbare vor Augen zu haben?

– Schluß mit den Sentenzen! Was haben Sie gemacht?

– Nichts. Um zu reden wie die Kinder, ich war's nicht, der angefangen hat. Das Schicksal hat eingegriffen. Das Fest war auf dem Höhepunkt, als ein Brand ausbrach. Es gab ein wildes Durcheinander. Die jungen Männer, die fünf Minuten zuvor noch Adèle ihr Herz zu Füßen gelegt hatten, flohen mit Gebrüll, ohne sich drum zu kümmern, was aus ihr wurde. Auf sie selbst hatte die Panik eine seltsame Wirkung: Sie blieb regungslos mitten in den Flammen stehen, erstarrt und wie geistesabwesend. Sie war sozusagen im Stehen ohnmächtig geworden, blickte wie gebannt vor

Entsetzen ins Feuer. Und ich? Ich war keinen Augenblick von ihr gewichen, was, unter uns gesagt, beweist, daß ich als einziger sie wirklich liebte.

– Schöne Entschuldigung!

– Sagen Sie, was Sie wollen, aber immerhin hab ich ihr das Leben gerettet. Ohne mich wäre sie zweifellos in der Feuersbrunst umgekommen.

– Sagen Sie lieber, Sie haben ihren Tod um zehn Jahre vertagt.

– Wenn Sie als Krankenschwester das Ableben eines Patienten um zehn Jahre hinauszögern, würden Sie da nicht sagen, daß Sie ihm das Leben gerettet haben?

– Meine Arbeit ist mit Ihrem widerlichen Schwindel nicht zu vergleichen.

– Stimmt, Sie lieben Ihre Patienten ja nicht. Noch mal zurück ins Jahr 1893: Ich stand also mit Adèle mitten in den Flammen. In meinem Kopf ist alles sehr schnell gegangen; ich begriff: Dies war die Gelegenheit, jetzt oder nie. Ich habe ihren leichten Körper in die Arme genommen und ihr Gesicht mit meiner Jacke zugedeckt. Dann bin ich durch das Feuer gerannt. Kaum war ich draußen, da ging der ganze Ballsaal in Flammen auf. In der allgemeinen Panik beachtete niemand, wie ich eine Person mit verhülltem Gesicht davontrug. Ich brachte sie in das Zimmer, das ich in der Nähe gemietet hatte.

– Lassen Sie mich raten: Ihre erste Maßnahme dort bestand in der Entfernung aller Spiegel.

– Selbstverständlich. Als Adèle aus ihrer Starre erwachte, gab ich ihr sachte und schonend zu verstehen, daß sie Verbrennungen erlitten hatte und entstellt war. Sie konnte sich an fast nichts von dem erinnern, was ihr geschehen war, und glaubte mir. Sie bat mich, ihr einen Spiegel zu bringen. Ich verweigerte ihn ihr hartnäckig. Weil sie immer mehr in mich drang, ging ich zu einem Spiegelmacher und sagte ihm, ich wolle einem alten Freund einen Streich spielen, und dazu solle er mir einen möglichst entstellenden Handspiegel anfertigen. Das machte er meisterhaft. Ich ging damit zu Adèle, hielt ihn ihr hin und sagte: »Sie werden sehen, Mademoiselle, davor hatte ich Sie gewarnt.« Sie sah ein entsetzlich geschwollenes, unmenschliches Gesicht. Sie stieß einen Schreckensschrei aus und fiel in Ohnmacht.

– Und diesen Spiegel haben Sie aufbewahrt, nicht?

– Eine unbegreifliche Eingebung befahl mir, ihn zu behalten. Als sie wieder zu sich kam, sagte sie zu mir: »Monsieur, Sie haben ein edles Herz, Sie allein werden vielleicht die Bitte einer für immer Verworfenen erhören: Wenn Sie ein wenig Zuneigung zu mir haben, dann verbergen Sie mich! Entziehen Sie mich für immer den Blicken der anderen! Damit die Menschen, die mich in meiner besten Zeit gekannt haben, nichts von meinem Zustand erfahren. Damit sie mich in ungetrübter Erinnerung behalten.« Ich erklärte ihr, daß ich Kapitän eines Schiffs war, das sich zur Überfahrt über den Ozean bereitmachte; ich schlug ihr vor, mich zu begleiten. Dankbar küßte sie mir die Hände – ein seltsames Schauspiel, wie diese Schönheit vor mir kniete und mit ihren herrlichen Lippen meine trockenen, faltigen Hände berührte.

– Sie sind infam!

– Das stört mich nicht. Wir haben also den Atlantik

überquert und sind nach Nœud gekommen, das damals schon als Hafen so unbekannt war wie heute.

– Und eben das war der Grund, warum Sie sich für Nœud entschieden, nicht wahr? Es war ratsam, nicht zu sehr aufzufallen.

– Der Grund war vor allem Mortes-Frontières, damals eine unbewohnte Insel. Ich ließ Adèle an Bord zurück und ging an Land, um über den Kauf der Insel zu verhandeln, was leichter war, als ich erwartet hatte. Dann zeichnete ich die Pläne für dieses Herrenhaus, das ich in aller Heimlichkeit von Handwerkern bauen ließ, die ich wohlweislich in weit entfernten Orten angeworben hatte. Dort brachte ich die junge Frau unter, die vor Dankbarkeit ganz fassungslos war, als sie erfuhr, daß ich dieses Haus ohne alle spiegelnden Flächen eigens für sie geschaffen hatte.

– War Hazel da schon Ihre Geliebte?

– Nein, ich habe gewartet, bis wir auf Mortes-Frontières waren. Ich wollte, daß es sich unter den bestmöglichen Umständen abspielte: Adèle war während der ganzen Überfahrt seekrank gewesen, und ich wollte, daß sie die erste Nacht bei guter Gesundheit erlebte – denn sie war Jungfrau, ebenso wie Hazel vor fünf Jahren.

– So viele Einzelheiten wollte ich gar nicht wissen.

– Aber ich bestehe darauf, sie Ihnen zu sagen.

– Sie sind wie alle Männer: Sie prahlen gern mit Ihrem Geschlechtsleben.

– Das wäre einzuschränken. Zunächst einmal, ich habe noch nie mit jemandem darüber sprechen können, aus Gründen, die Sie unschwer verstehen werden. Ferner, sosehr es mir widerstreben würde, den Erstbesten darüber ins Vertrauen zu ziehen, sosehr gefällt es mir, vor einer gescheiten und entrüsteten jungen Frau keine Einzelheit auszulassen. Jawohl, Adèle und Hazel waren Jungfrauen. Ich glücklicher Mann!

– Diese Art der Männer, von der Jungfräulichkeit der Mädchen wie von einer Trophäe zu sprechen, hat mir schon immer zu denken gegeben. Die Jäger nageln sich die Köpfe der von ihnen massakrierten Eber und Hirsche an die Wand; Sie könnten Jungfernhäutchen anpinnen.

– Geschlechtsverkehr ist idiotisch, Mademoiselle, aber noch idiotischer ist es, ihn sich zu versagen. Beim ersten Mal, als ich mich zu Adèle ins Bett legte, wollte sie nicht glauben, daß ich sie begehrte. »Das ist doch nicht möglich«, hat sie eingewendet, »nur ein Ungeheuer könnte ein Mädchen wie mich begehren!« Und ich habe zu ihr gesagt: »Ich habe gelernt, über deine entstellten Züge hinwegzusehen und deine Seele zu lieben« – und sie, ganz wie Hazel, die mich auch nie duzen konnte: »Wenn Sie meine Seele lieben, dann geben Sie sich mit der Seele zufrieden!« Dieselben Worte, wie ich sie heute von meiner Pflegetochter höre, dieselben Bedenken wegen ihrer Häßlichkeit, ganz zu schweigen von dem Abscheu, den sie aus Zartgefühl nicht äußern mochten…

– …insofern Sie nicht der Mann ihrer Träume sind.

– Ja. Und für mich, welch eine Rache! Denn ich bin nie schön gewesen, und das Alter hat mich schon so früh ereilt. Sie behandeln mich wie einen Schurken, doch wenn diese jungen Mädchen je geruht hätten, sich für mich zu interessieren, wäre ich nicht gezwungen gewesen, zu solch unredlichen Mitteln zu greifen.

– Wollen Sie ihnen vorwerfen, daß sie der Jugend und Schönheit den Vorzug geben? Das wäre erstaunlich, aus Ihrem Munde.

– Das ist nicht zu vergleichen. Ich bin ein Mann.

– Und wie alle Männer werden Sie mir sagen, daß die Frauen nicht auf Jugend und Schönheit sehen sollten. Seltsam: Uns werden Jugend und Schönheit abverlangt, doch sobald wir uns verlieben, rät man uns, dergleichen Eigenschaften nicht in Rechnung zu stellen.

– So will es die Biologie: Für die Frau muß der Mann nicht schön sein, damit sie ihn begehren kann.

– Wir, die Frauen, wir sollen dermaßen rohe Geschöpfe sein, daß wir für die Schönheit nicht empfänglich wären? Sagen Sie, Kapitän, glauben Sie selbst, was Sie da reden?

– Adèles und Hazels Reaktionen beweisen es. Aber ich finde, es muß auch so sein. Um wieder gutzumachen, was mir als eine Ungerechtigkeit erscheint, habe ich diese Schandtat begangen.

– Es erleichtert mich, von Ihnen selbst zu hören, daß es sich um eine Schandtat handelt.

– Das heißt nicht, daß ich mich ihrer schäme. Wie könnten mich Skrupel plagen, nachdem ich mir die zwei größten Freuden meines Lebens gegönnt habe?

– Und Adèles Selbstmord bringt Sie nicht um den Schlaf?

– Ich will Ihnen etwas gestehen: Ihr Selbstmord hat mich fünfzehn Jahre lang verfolgt. Fünfzehn Jahre der Qual und der Verzweiflung.

– Warum nur fünfzehn Jahre? Was ist nach fünfzehn Jahren geschehen, das Ihren Qualen ein Ende gemacht hätte?

– Das sollten Sie wissen: Ich bin Hazel begegnet.

– Wenn das nicht ungewöhnlich ist: Sie fangen mit demselben Verbrechen von vorn an, und das beruhigt Ihr Gewissen! Erklären Sie mir, wie eine solche Verirrung möglich ist.

– Ich gebe zu, das hat etwas von einem Rätsel. Ich will versuchen, Ihnen von diesem Wunder zu berichten. Es war im Januar 1918. Der Zufall, wenn es nicht das Schicksal war, hatte mich an diesem Tag zu meinem Notar geführt, der in Tanches wohnt, nicht weit von Nœud. Zu meiner Bestürzung hatte sich dieser Flecken in ein Feldlazarett verwandelt oder vielmehr in ein Sterbelager. Überall im Ort lagen verstümmelte Körper und Halbtote, nach einer Reihe besonders mörderischer Fliegerangriffe. Ich war fassungslos; auf Mortes-Frontières lebte ich ganz allein mit meinem Schmerz. Kein Soldat hatte den Fuß auf meine Insel gesetzt, und ich hatte den Krieg sozusagen ignoriert, auch wenn ich ihn manchmal in der Ferne poltern hörte. Das Ausmaß und der Schrecken dieses Konflikts, den ich plötzlich in seiner schändlichen Realität zu Gesicht bekam, waren mir nicht klargewesen. Träger kamen mit einer Bahre, als ich verwirrt die Folgen dieses Gemetzels betrachtete, und legten einen mit einem Laken zugedeckten Körper neben mir auf den Boden – einen von so vielen.

– Hazel?

– Meinen Sie? Ich dachte, es sei eine Leiche, als einer der Träger die Sanitäter aufmerksam machte: »Sie lebt noch. Ihre Eltern sind auf der Stelle tot gewesen.« So erfuhr ich, daß es sich um ein junges Mädchen handelte und daß sie Waise war.

– Sie lieben Waisen, nicht wahr?

– Der Vorteil bei den Waisen ist, daß man keine Schwiegereltern bekommt. Brennende Neugier ergriff mich: Wie mochte sie aussehen? Wie alt war sie? Ich kniete mich neben sie hin und hob das Laken: ein Schock. Sie wissen, was es heißt, ein solches Gesicht zu entdecken. Wenngleich es anders war als Adèles Gesicht, glich es ihm doch in jener höheren Form der Anmut, von der es geprägt ist.

– Es stimmt, derselbe Ausdruck – soweit ich das nach einem Foto beurteilen kann.

– Ich befand mich in einem Gemälde von Hieronymus Bosch: ringsum Abstoßendes, Ungeheuerliches, Leiden und Verfall – und hier plötzlich eine kleine Insel makelloser Reinheit. Die Schönheit mitten im Dreck. Hazel blickte fassungslos um sich, sie schien sich zu fragen, ob sie nun in der Hölle sei. Dann sah sie mich fragend an. »Sind Sie tot oder lebendig?« fragte sie mit kristallklarer Stimme. Gute Frage, die triftigste, die man mir stellen kann. Ich habe keinen Augenblick gezögert, ich habe sie aufgehoben und in meinem Automobil davongeführt. Der Tod höchstselbst hätte nicht anders gehandelt. Und dann bin ich mit meinem Schatz verschwunden.

– Einfach so?

– Ja. Niemand hat es bemerkt. Sie können sich denken, eine Verwundete mehr oder weniger, so genau konnten die Sanitäter das gar nicht überblicken. Übrigens habe ich ihnen ja einen Dienst erwiesen, denn sie waren zu wenige für die vielen Sterbenden.

– Warum war sie mit einem Laken zugedeckt? Das macht man doch nur mit Toten und Schwerverwundeten.

– Ich weiß es nicht. Vielleicht, damit sie die Leichen ihrer Eltern nicht sah. Soviel ist sicher: Wer sie mit diesem Tuch bedeckt hat, der hat mir einen verdammt großen Gefallen getan. Denn hätten die Sanitäter ihr Gesicht gesehen, so hätten sie es nicht vergessen.

– Und in Nœud hat niemand Sie mit ihr das Fährboot besteigen sehen?

– Nein. Ich habe das Automobil nah am leeren Kai geparkt und ihren Körper an Bord getragen, als wäre es eine Kiste Äpfel. Das Meer ist immer noch der beste Schutzwall, wenn man jemanden verbergen will.

– Wie im Château d'If.

– Dies hier ist kein Gefängnis. Hazel kann fort, wenn sie will.

– Es ist sicherer als ein Gefängnis. Mit Ihrer Lüge haben Sie Hazel in ihr selbst eingesperrt. Sie würde ums Verrecken nicht fortwollen. Wissen Sie, wie mir das vorkommt? Sie sind hinter der Liebe her wie der Geier hinter dem Aas: Sie beobachten und belauern ihr Opfer, und im Moment des Unglücks sind Sie zur Stelle. Sie suchen sich die besten Stücke heraus, stoßen hinab und fliegen mit Ihrer Beute auf und davon.

– So machen es alle echten Kenner, während die Schwachköpfe nur daran denken, wie sie ihren Schatz mit der Menge teilen können – was das sicherste Verfahren ist, ihn zu verlieren und vor allem zusehen zu müssen, wie er sich mit dem Pöbel gemein macht.

– Lachhaft! Haben Sie den Eindruck, daß Hazel durch unsere Begegnung abgewertet worden ist? Im Gegenteil, sie ist nun glücklicher, sie strahlt, statt dahinzukümmern.

– Sie sind ja auch Gott sei Dank nicht die Menge.

– Es gäbe also einen Mittelweg zwischen dem Verstecken Ihrer Pflegetochter, so daß niemand sie zu Gesicht bekommt, und ihrer Zurschaustellung vor aller Welt?

– Wissen Sie, was das Unerfreulichste an Ihnen ist? Ihre pädagogische Ader. Warten Sie ab, bis Sie einmal richtig verliebt sind, und dann sehen wir, ob Sie sich so musterhaft dabei verhalten! Aber da müßten Sie erst einmal liebesfähig sein, was ich angesichts Ihrer engherzigen Krankenschwestern-Mentalität bezweifle.

– Wahrscheinlich liegt es ebenfalls an meiner engherzigen Mentalität, daß ich noch immer nicht begreife, warum das zweite Verbrechen die Schuld des ersten löschen soll.

– Sie wissen jetzt, wie ich Hazel gefunden habe. Es ist klar, daß sie mir vom Schicksal zugeführt wurde. Ein solches Zusammentreffen kann man nicht mit dem Zufall erklären. Und wenn mir das Schicksal dieses neue Mädchen vergönnt hat, dann kann dies nur geschehen sein, um mich loszukaufen. Adèle war mein Sündenfall, Hazel ist meine Erlösung.

– Sie spinnen! Sie begehen an Hazel dieselbe Schandtat wie an Adèle. Worin soll da die Erlösung bestehen?

– Die Erlösung besteht darin, daß Hazel mich liebt.

– Und das glauben Sie?

– Ich bin mir sicher.

– Und warum sollte Hazel Sie lieben? Was gibt es an Ihnen zu lieben?

– Kann man dergleichen wissen?

– Ich kann Ihnen sagen, was jetzt anders ist. Vor dreißig Jahren waren Sie ein reifer, klarsichtiger Mann und fähig zu erkennen, daß Adèle Sie nicht liebte. Heute sind Sie ein kindischer Greis und wie alle diese alten Dreckskerle fest überzeugt, daß die jungen Mädchen von Ihnen schwärmen. Was Sie Ihre Erlösung nennen, ist einfach Senilität.

– Was ich an Ihnen so schätze, ist Ihr Zartgefühl.

– Sie meinen, ich müßte Sie schonen? Sie sind grotesk. Adèle hatte schon gute Gründe, Sie nicht zu lieben; Hazel hat deren noch mehr, denn das Alter, wissen Sie, hat Sie nicht zu Ihrem Vorteil verändert. Die Spiegellosigkeit hat auf Sie einen komischen Effekt gehabt: Sie halten sich für unwiderstehlich. Könnte mein Gesicht Ihnen als Spiegel dienen, dann würden Sie sehen, was für ein verschrumpelter Glatzkopf Sie sind und wie sehr Sie Abscheu und nicht Liebe erwecken!

– Sie täuschen sich. In meinem Zimmer habe ich, wohlverborgen, einen großen Spiegel, der mir über meinen körperlichen Verfall Rechenschaft gibt.

– Und darin haben Sie nicht gesehen, wie weit der Verfall, um Ihre sehr treffende Vokabel aufzugreifen, schon fortgeschritten ist? Sie haben nicht gesehen, wie weit Sie über das Alter hinaus sind, in dem man von einem jungen Mädchen in der Blüte seiner Jahre geliebt werden kann?

– Doch.

– Das beruhigt mich.

– Ein Verführer, der seiner Sache sicher wäre, hätte einen Kunstgriff wie den meinen nicht angewendet.

– Bei soviel Scharfblick, wie können Sie da glauben, daß Hazel in Sie verliebt ist?

– Fragen Sie sie selbst, denn mir glauben Sie ja doch kein Wort!

– Ich darf Sie daran erinnern, daß Sie mir bei Todesstrafe verboten haben, ihr andere als behandlungspraktische Fragen zu stellen.

– Sie sind so geschickt, Sie finden bestimmt einen Weg, sie danach zu fragen, ohne die Frage auszusprechen. Ich höre Ihnen seit Wochen jeden Tag zu, und allmählich kenne ich Ihre Sprachkniffe.

– Wenn Sie uns belauschen, dann müssen Sie gehört haben, wie angewidert sie zu mir von den Nächten gesprochen hat, in denen Sie zu ihr ins Zimmer kommen.

– Und wie Sie ihr auf dies scheinheilige Getue einer beleidigten Jungfrau die perfekte Antwort gegeben haben.

– Ich dachte nicht wirklich, was ich da sagte.

– Schade! Es war gut.

– Schließlich, wenn sie Sie liebte, würde sie nicht eine Fremde zu Hilfe rufen.

– Sie hat Sie nicht zu Hilfe gerufen. Sie hat geprahlt. Wenn eine Frau sich über die Zudringlichkeiten eines Mannes beklagt, geht es ihr immer darum, den eigenen Wert zur Geltung zu bringen.

– Jedenfalls, soviel steht fest: Wenn Hazel in Sie verliebt ist, dann hat sie einen sehr schlechten Geschmack.

– Darin sind wir uns ausnahmsweise einig. Adèle hatte einen besseren Geschmack. Wenn Sie wüßten, wie es schmerzt, in der Frau, die man liebt, Abscheu zu erwecken! Wenn sie wenigstens, da sie mich körperlich schon nicht mochte, ein bißchen zerstreute Zärtlichkeit für mich aufgebracht hätte! Manchmal flehte ich sie an, sie solle doch versuchen mich zu mögen, denn da sie nun einmal unvermeidlich ihr Leben mit mir verbringen müsse, werde sie glücklicher sein, wenn sie mich liebte. Worauf sie dann erwiderte: »Aber ich versuche es ja!«

– Ich kann verstehn, daß sie sich umgebracht hat, die Unglückliche!

– In den zehn Jahren, die wir zusammen verlebt haben, habe ich sie fast niemals lächeln sehn. Manchmal setzte sie sich ans Meeresufer. Stundenlang betrachtete sie den Horizont. Ich fragte, warum, und sie sagte: »Ich warte auf etwas, das nicht kommt. Ich trage so viele Wünsche in mir. Auch wenn ich mir noch so oft sage, daß ein verunstaltetes Mädchen vom Leben nichts mehr zu erhoffen hat – ich kann mir nicht helfen, ich erwarte etwas, ich erwarte, daß jemand kommt.« Und zuletzt sagte sie etwas Herzzerreißendes: »Hätte ich ein so tiefes Verlangen in mir, wenn es doch zu nichts führen sollte?«

– Wie können Sie behaupten, Sie hätten sie geliebt? Durch Ihre Schuld hat sie unter Ihren Augen ein Martyrium durchlitten. Mit wenigen Worten hätten Sie sie freilassen können, und Sie haben es nicht getan!

– Bedenken Sie! Können Sie sich vorstellen, wie ich ihr die Wahrheit hätte sagen müssen? »Adèle, ich belüge dich seit vier Jahren, seit acht Jahren. Du bist schön wie ein Engel, noch schöner, als du mit achtzehn warst, vor diesem Brand, den du unversehrt überstanden hast. Du bist niemals auch nur für einen Sekundenbruchteil entstellt gewesen, und vom Gegenteil überzeugt habe ich dich nur, damit du nicht daran denkst, mich zu verlassen. Sei mir nicht böse, dies war das einzige Mittel, das ich fand, um dich zu gewinnen.« Sie hätte mich umgebracht, hätte ich ihr das eingestanden.

– Und es wäre eine gute Tat gewesen.

– Sie können sich aber denken, daß ich es dahin nicht kommen lassen wollte.

– Ich kann es mir nicht denken. Wenn ich den Menschen, den ich liebte, unglücklich gemacht hätte, würde ich lieber sterben.

– Na schön, dann sind Sie eine Heilige. Ich nicht.

– Und Sie können glücklich sein, wenn Sie doch wissen, daß Sie ihr das Leben verleidet haben?

– Ja.

– Das geht über meinen Verstand.

– Es war nicht die höchste Glückseligkeit, aber es war nicht übel. Ich lebte mit meiner Geliebten zusammen, ich schlief mit ihr…

– Sie wollen sagen, Sie haben sie vergewaltigt?

– Sie mit Ihren großen Worten! Nein, bis zu ihrem Suizid war ich ganz zufrieden.

– Und wenn Hazel sich erst umgebracht hat, werden Sie dann auch mit sich zufrieden sein?

– Sie wird sich nicht umbringen. Sie ist anders. Ich habe sie noch nie am Meer sitzen und zum Horizont blicken sehn.

– Wenn Sie unsere Gespräche belauschen, müßten Sie wissen, warum.

– Ja, diese Spukgeschichte… Ich glaube eher, sie hat eine glückliche Natur. Gott oder die Götter oder ich weiß nicht, wer, haben mir eine hohe Gnade erwiesen: Sie haben mir für das junge Mädchen, das ich verloren hatte, ein besseres wiedergegeben. Hazel ist im Grunde von einer Heiterkeit, die nur erweckt werden will und die oft an den Tag kommt. Sie ist sinnlicher und nicht so melancholisch wie Adèle.

– Finden Sie es nicht sonderbar, um Ihren Gedanken aufzunehmen, daß diese göttlichen Instanzen Ihnen ein solches Geschenk gemacht haben? Als Lohn für was?

– Zunächst mal, wenn es eine Gottheit gibt, so weiß ich nicht, ob sie sich um die Gerechtigkeit kümmert. Sodann kann man zu der Ansicht kommen, daß mein Gebaren, wenn auch gewiß auf eine paradoxe Weise, zum Guten führt.

– Zu dem, was für Sie gut ist, wollen Sie sagen.

– Zu dem, was auch für die jungen Mädchen gut ist. Kennen Sie viele Männer, die ihr Leben so sehr wie ich ihrer Liebe gewidmet haben?

– Jetzt wirft er sich auch noch als Vorbild in die Brust, meine Güte!

– Allerdings! Für die meisten Menschen ist die Liebe ein Teilbereich des Daseins, ebenso wie Sport, Urlaub oder Theater. Die Liebe soll maßgerecht sein, eingepaßt in die Lebensweise, für die man sich entschieden hat. Für den Mann ist es der Beruf, von dem alles andere abhängt; für die Frau sind es die Kinder. In dieser Sicht kann die Liebe nur eine Laune sein, eine Art Krankheit von hoffentlich kurzer Dauer. Daher die unzähligen therapeutisch gemeinten Platitüden über die flüchtige Natur der Leidenschaft. Ich dagegen habe bewiesen, daß die Liebe ewig währt, wenn man sein Schicksal auf ihr errichtet.

– Ewig, bis zum Suizid der armen Auserwählten.

– Weit darüber hinaus, denn die Auserwählte wurde mir wiedergegeben.

– Wunderschön, diese Liebe, die das Leben zweier Unschuldiger verpfuscht hat!

– Haben Sie je daran gedacht, welches Schicksal sie ohne mich erlitten hätten? Ich will noch den günstigsten Fall annehmen: Mit ihrer Schönheit hätten sie reichen Männern den Kopf verdreht und sie geheiratet. Wenn die Männer sich an ihre Reize gewöhnt hätten, wären sie wieder in ihren Geschäften aufgegangen und hätten die Frauen vergessen. Als Frau und Mutter wären sie beide gezwungen gewesen, wenn sie auf ein bißchen Gefühlsbewegung nicht verzichten wollten, sich auf die Komödie des bürgerlichen Ehebruchs einzulassen. Und da sagen Sie, ich hätte ihnen das Leben verpfuscht, wo ich sie doch vor dieser Gemeinheit, bei der sie auf kleiner Flamme verschmort wären, bewahrt habe!

– Sie haben sie so gut davor bewahrt, daß die eine von beiden sich umgebracht hat.

– Aber nicht doch! Wenn Sie endlich zugeben würden, daß Hazel und Adèle ein und dieselbe sind, dann könnten Sie begreifen, daß in diesem Falle von einem Tod nicht die Rede sein kann. Adèle ist in Hazel wiedererstanden, und wie jeder Mensch, der gestorben ist, um wiedergeboren zu werden, hat sie hinzugewonnen: Hazel ist froher und lebhafter als Adèle, für Liebe empfänglicher.

– Ich habe noch nie so etwas Verrücktes gehört. Wiederauferstehungsgeschichten fand ich schon immer albern; und wenn die Seelenwanderung nun noch dazu herhalten muß, Ihnen die Schuld abzunehmen, dann ist das die Höhe!

– Machen Sie die Augen auf! Zwei achtzehnjährige Mädchen, beide Waisen, beide von gleicher Anmut und Schönheit, beide Opfer eines schweren Unglücks, bei dem sie hätten verunstaltet werden können; und die eine heißt Adèle Langlais, die andere Hazel Englert. Sogar ihre Namen klingen ähnlich!

– Erklären Sie das mal vor Gericht! Sicher wird Ihre phonetische Rechtfertigung dort überzeugen.

– Ich brauche mich vor keinem Gericht zu verantworten. Im Sinne des Rechts habe ich mir nichts vorzuwerfen.

– Vergewaltigung, Freiheitsberaubung...

– Weder das eine noch das andere. Ich habe den Mädchen keine Gewalt angetan und sie nicht gehindert, fortzugehen.

– Nur mich hindern Sie daran.

– Richtig. Sie sind mein einziges Delikt. Sie haben sich dazu aufgedrängt.

– Da haben wir's! Meine Schuld.

– Ja, denn Sie weigern sich beharrlich, meine Verdienste anzuerkennen. Mir verdankt Adèle-Hazel das Leben einer Märchenprinzessin. Dazu ist sie geboren und nicht, um eine bürgerliche Bruthenne zu werden.

– Eine Frau hat noch andere Möglichkeiten: Es gibt nicht nur Märchenprinzessinnen und Bruthennen.

– Sondern es gibt auch noch kritische Krankenschwestern, die als alte Jungfern enden.

– Und es gibt Mörderinnen. Wissen Sie, daß Frauen sehr wohl auch töten können?

– Dazu müßten sie erst einmal die Möglichkeit haben.

Loncours schnalzte mit den Fingern. Zwei Schergen sprangen hinter der Tür hervor.

– Sehn Sie, Mademoiselle, Ihr neuer Beruf ließe sich hier nur schwer ausüben. Wir setzen dieses interessante Gespräch morgen fort. Nun lasse ich Sie in aller Ruhe *Carmilla* lesen. Sie werden es nicht bedauern.

Im Hinausgehen fügte er noch hinzu:

– Dieser Aufenthalt hier wird Ihnen sehr gut tun. Durch die Entdeckung guter Bücher werden Sie eine weniger beschränkte Person.

Françoise Chavaigne las *Carmilla*. Mit der kurzen Erzählung wurde sie schnell fertig. Sie hatte viel Freude daran. Dann fragte sie sich, warum ihr Kerkermeister Wert darauf legte, daß sie das Buch las. Sie schlief ein mit dem Gedanken, daß sie ihr Ziel erreichen würde, wenn sie wie Carmilla durch Wände gehn könnte.

Am nächsten Tag achtete sie darauf, daß ihre Gespräche mit Hazel von ausgesuchter Harmlosigkeit blieben. Sie bat Hazel um Ratschläge, was sie lesen solle.

– Nennen Sie mir alle Titel, die Ihnen einfallen. Ich entdecke gerade die befreiende Kraft der Literatur; ohne sie werde ich nicht mehr auskommen können.

– Die Literatur hat nicht nur befreiende, sie hat erlösende Kraft. Mich hat sie gerettet: Ohne die Bücher wäre ich längst tot. Sie hat Scheherazade in *Tausendundeine Nacht* gerettet. Sie würde auch Sie retten, Françoise, wenn Sie je Rettung nötig haben sollten.

»Wenn sie wüßte, wie nötig ich sie jetzt schon habe!« dachte die Gefangene aus dem Karmesinzimmer.

Hazel nannte ihr eine große Anzahl Titel.

– Sie sollten sie sich notieren, sonst vergessen Sie sie, sagte sie zu ihrer Pflegerin.

– Nicht nötig, ich habe ein gutes Gedächtnis, antwortete Françoise, die wußte, daß jemand anders für sie mitschrieb.

Am gleichen Abend noch trat Loncours mit einem Trupp von vier Mann in ihr Zimmer: ein Aufgebot, das kaum ausreichte, um die Stapel von Büchern heranzutragen.

– Ein Glück, daß meine Pflegetochter Ihnen nicht noch mehr empfohlen hat! Ihr Zimmer ist nicht geräumig genug.

– Ich war darauf gefaßt, daß Sie mir sagen würden: »Sie leben nicht mehr lange genug, um all das zu lesen.«

– Das hängt von Ihnen ab.

Er schickte die vier Schergen hinaus.

– Wissen Sie, von Ihrem Gespräch mit Hazel heute nachmittag bin ich sehr enttäuscht.

– Ich wüßte nicht, woran Sie Anstoß nehmen könnten.

– Ja, eben! Ein untadeliges Literaturgespräch von Blaustrumpf zu Blaustrumpf. Habe ich mich gelangweilt! Dabei hatte ich Sie doch auf so gute Ideen gebracht.

– Ah ja! machte die Krankenschwester mit einer Miene wie bei der Erstkommunion.

– Sie hätten doch mit ihr über *Carmilla* reden können.

– Warum?

– Haben Sie's gelesen?

– Ja. Und?

Der Kapitän hob die Augen gen Himmel.

– Sie kleines Provinztrampel, Sie haben also gar nichts begriffen?

– Was hätte ich denn begreifen sollen? Françoise machte ein dümmlich erstauntes Gesicht.

– Sie enttäuschen mich zutiefst. Von *Carmilla* ausgehend hätten Sie mit meiner Pflegetochter wundervolle Gespräche führen können. Aus dieser jetzigen Lieferung dagegen sehe ich nichts Interessantes sich am Horizont abzeichnen: *Asträa* – meine Güte, Hazel ist gewiß die letzte, die heute noch Honoré d'Urfé liest! *Anleitung zum frommen Leben* vom heiligen Franz von Sales – warum nicht gleich den Katechismus, wenn Sie schon damit anfangen? *Deutschland* von Madame de Staël – könnten Sie sich nicht eine Lektüre vornehmen, die etwas mehr –

– Etwas mehr was?

– Sie verstehen doch, was ich sagen will, oder?

– Nein.

– Ich habe den Eindruck, Hazels Zimmer wird bald ein Salon der feinsinnigen Damen. Sie haben vorhin von Ihrer weiteren Lebenserwartung gesprochen: Sie müssen wissen, daß sie zum großen Teil vom Reiz Ihrer Dialoge mit der Kleinen abhängt. Wenn ich mir monatelang Ihre Auslassungen über den heiligen Franz von Sales anhören muß, wird es mir zuviel.

– Worüber möchten Sie uns denn reden hören?

– An guten Themen herrscht kein Mangel. Sie könnten zum Beispiel über mich reden.

– Ein besseres Thema gibt es wahrhaftig nicht, sagte sie lächelnd.

– Gestern haben Sie in Zweifel gezogen, daß Hazel mich liebt; und nun hätten Sie doch die Frage anschneiden können.

– Monsieur, das geht mich nichts an.

– Hören Sie auf mit diesem Theater! Es ist etwas zu spät, die perfekte Krankenschwester zu spielen. Überhaupt, ich kann Ihnen ein Rätsel aufgeben: Welches ist die Beziehung zwischen Ihnen und dem Quecksilber?

– Das wissen Sie doch.

– Nein, ich spreche von dem mythologischen Band, das Sie verbindet.

– Davon weiß ich nichts.

– Mit seinem alchimistischen Namen wird das Quecksilber zu dem Götterboten Merkur. Und welches ist Merkurs Wahrzeichen? Der Caduceus, der Schlangenstab!

– Das Symbol der Heilkunst.

– Ja, Ihres Berufs. Dasselbe Symbol für die Boten und die Ärzte. Ich möchte wissen, warum, spöttelte Loncours.

– Es gibt heilsame Botschaften.

– Und es gibt heilkundige Botinnen, die im Vertrauen auf die Mythologie so weit gehen möchten, ihre Botschaft auf dem Weg über das Quecksilber mitzuteilen. Schade, daß es nicht geklappt hat.

– Welch ein Zufall! Ich werde ihn mir zunutze machen.

– Ich dachte, Sie hätten es mit Vorsatz so eingerichtet.

– Sie überschätzen mich.

– Stimmt, Sie enttäuschen mich unaufhörlich. Auf den ersten Blick wirken Sie so gescheit und überlegen, aber wenn man Sie näher kennenlernt, merkt man, daß Sie eine stumpfsinnige Landpomeranze sind. Ich lasse Sie nun lesen, ohne zu hoffen, daß es Ihren Geist irgendwie erweitert. Hazel hat morgen Geburtstag, vergessen Sie nicht, Ihr zu gratulieren.

Françoise wartete bis Mitternacht. Als im ganzen Haus tiefe Stille eingekehrt war, machte sie sich ans Werk.

– Nun sehn wir mal, wie es um die verfeinernde, befreiende und erlösende Kraft der Literatur bestellt ist, kicherte sie.

Die Möbel im Karmesinzimmer waren schwer und massig. Nur den Tisch, an dem sie aß, konnte sie bewegen; sie schob ihn mit der Längsseite an die Wand.

Wie in allen Zimmern des Hauses gab es nur ein Fenster, und das in unerreichbarer Höhe. Françoise stellte einen Stuhl auf den Tisch, aber auch von da war die Fensterluke noch nicht zu erreichen. Dann kam die Literatur zur Anwendung.

Sie begann mit den größten und dicksten Bänden, um eine feste Grundlage auf dem Stuhl zu gewinnen: Victor Hugos sämtliche Werke hatten die besten statischen Eigenschaften. Sie ließ einige Sammelbände Barocklyrik folgen, unter Danksagungen an Agrippa d'Aubigné. Nach der *Clelia* von der Scudéry kam Maupassant, ohne daß sich die Baumeisterin über die Ungeheuerlichkeit einer solchen Annäherung im klaren war. Die anachronistische Treppe vervollständigten der heilige Franz von Sales, Taine, Villon, Madame de Staël und Madame de La Fayette (sie dachte mit Vergnügen an die Freude dieser beiden adligen Damen über eine solche Begegnung), die *Briefe einer portugiesischen Nonne,* Flaubert, Cervantes, die *Geschichte vom Prinzen Genji,* Nerval, die elisabethanischen Erzählungen der Lady Amelia Northumb, Pascals Provinzialbriefe, Swift und Baudelaire – alles, was ein gebildetes, feinsinniges und empfängliches junges Mädchen zu Beginn dieses Jahrhunderts wenigstens einmal in der Hand gehabt haben mußte.

Immer noch fehlten ein oder zwei Bände, um bis ans

Fenster zu kommen. Sie erinnerte sich an die *Kartause von Parma* und *Carmilla,* die noch in ihrer Nachttischschublade lagen. Mit ihnen erreichte der Bücherturm die erforderliche Höhe.

»Und wenn das Gebäude jetzt einstürzt, ist von der Literatur nichts mehr zu erhoffen«, sagte sie sich.

Der Aufstieg war nicht ungefährlich; ohne ihre langen Beine und den guten Gleichgewichtssinn hätte sie keine Chance gehabt. Nichts ist hilfreicher im Gebirge der Bücher als ein trittsicherer Fuß.

Auf dem Gipfel angekommen, fand sie mit dem halben Hintern auf dem Fenstersims Halt und seufzte. Sie zog einen Schuh aus und zertrümmerte mit dem Absatz die Scheibe. Sie entfernte die Zacken und Splitter und streckte die Beine hinaus.

Es schien hoch über dem Boden zu sein. »Egal! Versuch's oder verrecke!« dachte sie. Sie betete zum heiligen Edmond Dantès, dem Schutzpatron aller Ausbrecher im freien Fall, und sprang. Ihre Leichtigkeit, ihre Geschmeidigkeit und das Geschick ihrer Füße bewahrten sie vor Schaden: Ohne jede Spur einer Verletzung kam sie unten auf, als hätte sie ihr Leben lang nichts anderes getan.

Trunken vor Freude über die wiedergewonnene Freiheit sog sie die frische Luft tief in die Lungen. Dann legte sie sich einen Schlachtplan zurecht.

Sie trat unter Hazels Fenster und überlegte: An der Mauer hochzuklettern erschien ihr nicht unmöglich, aber Loncours' Zimmer war nicht weit davon, und sie konnte die Scheibe nicht einschlagen, ohne daß er es hörte.

Nein, sie mußte sich entschließen, den Weg durchs Innere des Hauses zu nehmen, über die Treppe mit den knarrenden Stufen. »Besser, ich denke nicht mehr nach, sonst finde ich nie den Mut zu einer so sinnlosen Tat«, beschloß sie.

Sie ging durch die Haustür hinein, die offen war, weil es keinen Grund gab, sie abzuschließen. Die Schuhe in der Hand, machte sie sich an den Aufstieg und hielt den Atem an: Bei jedem Schritt ächzte die Treppe. Erschrocken blieb sie stehen, aber dann überlegte sie es sich anders:

»Diese Langsamkeit behindert mich, sie macht mich schwerer. Um so wenig wie möglich zu wiegen, muß ich auf den Zehenspitzen laufen und immer vier Stufen auf einmal nehmen.«

Sie holte tief Luft, nahm Anlauf und gelangte mit wenigen langen Sprüngen in die erste Etage hinauf, unter Einsparung etlicher Dezibel. Dort hatte sie die gute Idee, nicht anzuhalten, sondern auf ihrem Luftkissen weiterzugleiten bis ins Zimmer ihrer Patientin.

Sie machte die Tür hinter sich zu, atmete auf und wartete ab, bis ihr Herz wieder in einem gemesseneren Takt schlug, während sie das schlafende Mädchen betrachtete. Der Uhrzeiger stand auf ein Uhr nachts. »Nur sechzig Minuten hab ich gebraucht, um meinen Plan auszuführen. Wieviel Zeit werde ich nun wohl brauchen, um das Gefängnis zu zertrümmern, das in ihrem Kopf existiert?«

Sie hielt Hazel die Hand auf den Mund, um ihren Aufschrei zu unterdrücken. Das Mädchen schlug die Augen auf; sie verrieten Entsetzen. Françoise legte sich einen Finger an die Lippen, um Hazel Flüstern zu gebieten.

– Ich wollte die erste sein, die Ihnen zum Geburtstag gratuliert, sagte sie lächelnd.

– Um ein Uhr nachts? murmelte Hazel verblüfft. Wie sind Sie denn hergekommen?

– Ich bin nicht nach Nœud zurückgefahren.

Sie berichtete ihr von ihrer Einschließung im Karmesinzimmer auf der anderen Seite des Hauses.

– Ich verstehe nicht. Warum hat er Sie eingeschlossen?

– Das ist eine lange Geschichte. Glauben Sie, daß Ihr Pflegevater jetzt schläft?

– Fester denn je. Er hat ein Schlafmittel genommen, um für meine Geburtstagsnacht in Hochform zu kommen.

– Das trifft sich hervorragend.

Sie erzählte ihr die Geschichte der Adèle Langlais. Hazel sagte dazu keinen Ton. Françoise schüttelte sie:

– Begreifen Sie noch immer nichts? Es ist dieselbe Geschichte wie mit Ihnen. Genau dieselbe!

– Dieses Mädchen hat sich umgebracht? stammelte Hazel begriffsstutzig.

– Ja, und das werden Sie am Ende auch tun, wenn Sie die Wahrheit nicht sehen wollen.

– Was für eine Wahrheit?

– Wie, was für eine? Daß Sie auf die gleiche Weise häßlich sind wie die selige Adèle: Der Brand hatte sie überhaupt nicht entstellt, dafür verzehrte er sie von da an von innen, bis sie sich ins Wasser stürzte, um ihn zu löschen.

– Ich, wenn ich träume, ich höre die Bomben auf die Straße fallen…

– Ja, auf die Straße, aber nicht auf Sie. Sie sind verschont geblieben.

– Meine Eltern sind tot.

– Die haben nicht so viel Glück gehabt wie Sie. Ja, Glück haben Sie gehabt: Niemand, der Sie sieht, käme auf die Idee, daß Sie einmal in einen Luftangriff hineingeraten sind.

– Wer mich sieht, denkt also, ich bin von Geburt an entstellt. Welch ein Trost!

– Nein, Dummchen! Eben hab ich Ihnen doch gesagt, Sie machen dieselbe Geschichte durch wie Adèle Langlais. Sind Sie denn blöd?

– Das Mädchen habe ich nie gesehen.

– Aber ich! Ein Foto von ihr hab ich gesehen: schön wie ein Dolchstoß ins Herz! Ich kenne nur einen Menschen, dessen Schönheit mir noch mehr Eindruck macht: Sie.

Hazel blieb noch ein paar Sekunden still liegen, dann begann sie, Grimassen zu schneiden und mit den Beinen zu strampeln.

– Ich hasse Sie, Françoise! Gehn Sie, ich will Sie nie mehr sehen!

– Warum? Weil ich Ihnen die Wahrheit sage?

– Weil Sie lügen! Vielleicht gelingt es Ihnen, sich einzureden, daß Sie es nur gut meinen und daß Sie mit Ihren Lügen eine arme Kranke aufmuntern könnten. Sehen Sie nicht, wie grausam Sie sind? Können Sie sich nicht vorstellen, wieviel Mühe es mich in diesen fünf Jahren gekostet hat, mich mit dem Unerträglichen abzufinden? Und da kommen Sie und versuchen mich, denn natürlich bin ich versucht, Ihnen zu glauben, da ich doch wie jeder Mensch im Grunde meines Herzens diesen unauslöschlichen Funken Hoffnung trage...

– Sie brauchen nicht zu hoffen, Sie brauchen nur die Augen aufzumachen!

– Ich habe sie schon aufgemacht, vor fünf Jahren, und in diesen Unglücksspiegel geblickt. Das hat mir gereicht!

– Zu diesem Spiegel ist einiges zu sagen. Der Kapitän hat ihn vor dreißig Jahren bei einem Spiegelmacher in Pointe-à-Pitre gekauft; und dieses Ding, mit dem man sonst seinen Freunden Streiche spielt, hat er dazu benutzt, Adèle von ihrer Verwandlung zu überzeugen. Und denselben Trick hat er auch bei Ihnen angewandt, mit demselben Erfolg.

– Ich glaube kein Wort von Ihren Faseleien. Sie sagen das nur, um meinen Wohltäter schlechtzumachen.

– Ein schöner Wohltäter, der sich mit einem so billigen Schwindel die zwei schönsten Mädchen der Welt ins Bett holt! Sagen Sie mir doch, welches Interesse ich daran haben sollte, solche Risiken einzugehen, um diesen Heiligen bei Ihnen anzuschwärzen?

– Ich weiß es nicht. Boshaftigkeit, Gaunerei, Unaufrichtigkeit – alles kann sich hinter einem schönen Gesicht wie dem Ihrigen verbergen.

– Aber was hätte ich davon, Sie zu belügen, und warum sollte Ihr gütiger Kapitän mich gefangenhalten?

– Das tut er meinetwegen, damit Sie mich weiter behandeln können.

– Sie behandeln? Sie sind doch kerngesund. Abgesehen von dem bißchen Anämie wegen Mangels an frischer Luft und körperlicher Bewegung. Das einzige, wovon Sie noch genesen müssen, ist dieses Gift, das Ihr Pflegevater Ihnen eingeimpft hat.

– Warum erzählen Sie mir plötzlich solche Ungeheuerlichkeiten?

– Um Sie zu retten. Ich meine es gut mit Ihnen, ich konnte es nicht mehr ertragen, Sie diese Hölle durchmachen zu sehn.

– Wenn Sie es gut mit mir meinen, dann lassen Sie mich in Ruhe!

– Warum wollen Sie mir nicht glauben? Legen Sie so viel Wert darauf, sich weiterhin für ein Scheusal zu halten, wenn ich Ihnen wiederhole, daß ich noch nie ein schöneres Mädchen gesehen habe?

– Ich will keine falschen Hoffnungen hegen. Sie haben keinerlei Beweise für Ihre Behauptungen.

– Und Sie haben keinen Beweis für das Gegenteil.

– Doch. Ich erinnere mich sehr gut an das erste Mal, als

Sie mich gesehen haben. Sie sind zutiefst schockiert gewesen, das haben Sie nicht verbergen können.

– Das stimmt. Aber wissen Sie, warum? Weil ich noch nie ein so himmlisches Gesicht gesehen habe. Weil solche Schönheit rar ist und jedem einen Stich versetzt, der sie sieht.

– Lügnerin! Lügnerin! Schweigen Sie! sagte das Mädchen und brach in Tränen aus.

– Warum sollte ich Sie belügen? Ich hätte im Augenblick allen Grund, übers Meer nach Nœud zu fliehen. Ich bin eine ausgezeichnete Schwimmerin und könnte es schaffen. Statt dessen gehe ich das Wahnsinnsrisiko ein, in das Gefängnis zurückzukehren, aus dem ich eben ausgebrochen bin – und das alles, um Sie zu belügen?

Hazel schüttelte krampfhaft den Kopf.

– Wenn ich schön bin, warum sagen Sie es mir dann erst jetzt?

– Weil jedes Wort, das wir geredet haben, belauscht wurde. Ein Schallrohr verbindet Ihr Zimmer mit dem Rauchsalon, wo der Kapitän saß und uns zuhörte. Ich habe dran gedacht, Ihnen zu schreiben, aber ich wurde durchsucht, bevor ich hier hereinkam. Jedes Blatt Papier wurde genau überprüft, jeder Bleistift zurückbehalten. Jetzt kann ich es Ihnen sagen, weil die Leute schlafen – hoffe ich wenigstens.

Das Mädchen trocknete sich die Tränen ab und seufzte:

– Ich würde Ihnen gern glauben. Aber ich schaffe es nicht.

– Den einzigen richtigen Spiegel in diesem Haus verwahrt Ihr Pflegevater in seinem Zimmer. Wir könnten hingehen und ihn holen.

– Nein, ich will nicht. Das letzte Mal, als ich mich gesehen habe, tat es zu weh.

Die Pflegerin holte tief Luft, um nicht die Beherrschung zu verlieren.

– Es stimmt also, was man mir gesagt hatte. Die Gefangenen wollen die Freiheit nicht. Sie halten es mit Fabrice del Dongo: Sie lieben Ihren Kerker. Es gibt kein anderes Schloß an Ihrer Tür als Ihre angebliche Häßlichkeit. Ich biete Ihnen den Schlüssel an, und Sie wollen ihn nicht.

– Alles, was ich seit fünf Jahren erlebt habe, würde dadurch zunichte gemacht.

– Ich glaube bald, diese fünf Jahre mit Ihrem Alten sind Ihnen noch zu kurz! Los, Schluß jetzt mit dem Theater, und folgen Sie mir!

Es gab ein Gerangel. Françoise wollte Hazel aus dem Bett zerren, die sich mit der Riesenkraft ihrer Trägheit sträubte.

– Sind Sie verrückt? Man könnte uns hören!

– Ich will nicht zu diesem Spiegel!

Der Verzweiflung nahe, knipste Françoise das Licht an. Sie packte das Mädchen bei den Schultern und sah ihr aus zehn Zentimeter Abstand ins Gesicht.

– Betrachten Sie Ihr Bild in meinen Augen! Viel können Sie da nicht sehen, aber genug, um festzustellen, daß Sie nichts Abscheuliches an sich haben.

Wie gebannt konnte Hazel den Blick nicht mehr abwenden.

– Ihre Pupillen sind riesig!

– Sie weiten sich, wenn es etwas zu bewundern gibt.

Während das Mädchen sein Spiegelbild betrachtete,

sprach Françoise in Gedanken mit Loncours: »Sie hatten recht: Nicht umsonst verbindet der Schlangenstab Merkur mit der Heilkunst. Ich bin sowohl Botin wie Krankenschwester.« Dann ergriff sie wieder das Wort:

– Nun, haben Sie gesehen?

– Ich weiß nicht. Ich sehe ein glattes und anscheinend normales Gesicht.

– Mehr können Sie in einem Auge nicht sehen. Kommen Sie nun, und seien Sie so leise wie möglich!

Sie verließen das Zimmer und gingen auf Zehenspitzen bis zu dem des Alten. Die Ältere flüsterte der Jüngeren zu:

– Zuerst wird man ihn neutralisieren müssen.

Sie traten ein und machten die Tür hinter sich zu. Dank des Schlafmittels lag Omer Loncours in tiefem Schlaf, den Mund weit offen, ein friedlicher Anblick.

Françoise öffnete einen Schrank und nahm zwei Hemden heraus. Das eine warf sie Hazel zu und sagte leise:

– Sie stopfen ihm das in den Rachen, während ich ihm mit den Ärmeln von diesem die Hände fessele.

Der Alte schlug angstvoll die Augen auf, konnte aber nicht schreien, denn er war schon geknebelt.

– Nehmen Sie noch ein Hemd und binden Sie ihm die Füße zusammen! befahl die Pflegerin.

Ehe er wußte, wie ihm geschah, war er in seinem Bett stillgelegt, an Händen und Füßen gefesselt.

– Und jetzt suchen wir mal diesen Spiegel.

Aber soviel sie auch in den Schränken und im Ankleidezimmer suchten und wühlten, einen Spiegel fanden sie nicht.

– Natürlich hat er ihn versteckt, der alte Schurke! knurrte Françoise.

Sie entschloß sich zu einem Frontalangriff:

– Mein lieber Kapitän, daß wir Ihnen den Knebel abnehmen, kommt nicht in Frage. Aber es ist nicht ausgeschlossen, daß wir uns mit sehr unangenehmen Spielen an Ihrer Person ergötzen, wenn Sie uns nicht sofort helfen.

Mit dem Kinn deutete Loncours in Richtung der Bibliothek.

– Ist der Spiegel hinter den Büchern? Muß man sie alle herunternehmen?

Er verneinte mit einem Kopfschütteln und deutete mit den gefesselten Händen an, daß man eines der Bücher hineinstoßen müsse.

– Welches? Da stehen Hunderte.

– Nehmen wir ihm das Hemd aus dem Mund, und er wird es uns sagen.

– Auf keinen Fall! Er würde die Gelegenheit benutzen, seine Schergen zu rufen. Nein, suchen wir einen Titel, der etwas mit Spiegeln zu tun hat.

Hazel fand *Alice im Wunderland* und *Alice hinter den Spiegeln;* sie drückte sie nach innen, doch ohne Ergebnis. Als sie schon den Mut verlieren wollten, fielen der Pflegerin die Worte des Kapitäns ein: »Ein Roman ist ein Spiegel, den man den Weg entlangführt.« Sie rannte zum Stendhal-Regal und stieß *Rot und Schwarz* an.

Die Bücherwand glitt beiseite und gab einen Drehspiegel frei, so breit und hoch, daß ein Pferd in voller Größe sich darin hätte betrachten können.

– Das ist die Höhe! bemerkte Françoise. In diesem Haus, aus dem sonst jede Scherbe verbannt ist, befindet sich der größte Spiegel, den ich je gesehn habe.

– Und der schönste, murmelte Hazel.

– Wirklich schön wird er erst, wenn er Ihr Bild aufnimmt, Hazel.

– Ihres zuerst! bat die Jüngere. Ich möchte Gewißheit haben, daß dieser Spiegel nicht trügt.

Françoise stellte sich davor. Der Spiegel zeigte sie so, wie sie war, hoheitsvoll wie die Göttin Athene.

– Gut. Und nun Sie!

Die Kleine zitterte wie Espenlaub.

– Ich kann nicht. Ich habe Angst.

Die Ältere wurde böse.

– Erzählen Sie mir nicht, ich hätte mir all die Mühe umsonst gemacht!

– Was könnte schrecklicher sein als ein Spiegel?

Der Alte hörte und schaute ihnen mit größtem Vergnügen zu, als erlebe er nun endlich einen seit langem erwarteten Auftritt.

Die Pflegerin besänftigte sich wieder:

– Haben Sie eine solche Angst davor, schön zu sein? Ich kann Sie verstehen, obwohl ich es nicht im gleichen Maße bin wie Sie. Häßlichkeit ist beruhigend: Man braucht sich keiner Herausforderung zu stellen, es genügt, sich in sein Unglück zu ergeben, sich darin leid zu tun, das ist so bequem! Schönheit ist ein Versprechen: Man muß auf der Höhe sein, um es halten zu können. Das ist schwierig. Vor einigen Wochen sagten Sie noch, Schönheit sei eine herrliche Gabe. Aber nicht jeder ist begierig, eine solche Gunst zu empfangen, nicht jeder möchte dazu auserwählt sein, das entzückte Aufschrecken im Blick der anderen zu bemerken, den Traum vieler Menschen zu verkörpern, sich jeden Morgen vor dem Spiegel darauf zu untersuchen, ob die Zeit keine Schäden hinterlassen hat. Häßlichkeit bleibt sich gleich, auf ihre Fortdauer ist Verlaß. Sie werden ihr Opfer und lieben dieses Martyrium auch noch...

– Ich hasse es! protestierte das Mädchen.

– Vielleicht wäre es Ihnen auch am liebsten, weder schön noch häßlich zu sein, wie der große Haufen unsichtbar, unbeträchtlich, mit dem Vorwand, daß die Freiheit darin besteht, irgendwer sein zu dürfen. Nun ja, es tut mir leid für Sie, aber damit kommen Sie nicht durch, Sie werden sich mit dieser betrüblichen Realität abfinden müssen: Sie sind so schön, daß ein Kenner und Liebhaber Sie Ihrem eigenen Blick entziehen wollte, um den Anblick ganz allein für sich zu haben. Fünf Jahre lang ist es ihm gelungen. O weh, mein lieber Kapitän, alle Freuden haben ein Ende! Die schlimmsten Befürchtungen werden wahr. Sie werden Ihren Schatz nun mit vielen anderen Leuten teilen müssen, auch mit dem Schatz selbst – jeder ist sich selbst der nächste... Hazel, zu Ehren Ihres Geburtstags führe ich Ihnen Ihr Bild vor Augen.

Françoise packte das Mädchen bei den Schultern und schob es vor den Spiegel. Wie ein Satellit trat die Kleine ins Magnetfeld des Glases ein und wurde sofort darin gefangen: Sie war ihrem Ebenbild begegnet.

Es spiegelte eine Fee im weißen Nachthemd und mit langem, aufgelöstem Haar. Ihr Gesicht war eines, wie es in jeder Generation ein- oder zweimal vorkommt und das das Herz der Menschen so sehr ergreift, daß sie darüber das eigene Elend vergessen. Solche Schönheit zu entdecken hieß, von allen Leiden geheilt zu werden, nur um sich sogleich ein noch schlimmeres zuzuziehen, das selbst der Tod nicht erträglicher macht. Wer sie ansah, war gerettet und verloren.

Was diejenige empfunden haben mag, die sich in dem Bild wiedererkannte, wird außer ihr selbst niemand je wissen.

Hazel bedeckte sich schließlich das Gesicht mit den Händen und stammelte:

– Ich hatte recht: Was könnte schrecklicher sein als ein Spiegel?

Sie fiel in Ohnmacht.

Françoise beeilte sich, sie wieder zur Besinnung zu bringen.

– Nehmen Sie sich zusammen! Umfallen können Sie später, wenn wir in Sicherheit sind.

– Was da auf mich einstürmt, ist dermaßen verwirrend! Ich bin wie vor den Kopf geschlagen.

– Es ist ein schwerer Schock, allerdings!

– Schwerer, als Sie sich's vorstellen können. Ich erinnere mich, wie ich vor dem Luftangriff aussah: Ich war nicht... nicht so. Was ist geschehen?

– Nur soviel, daß Sie das Jungmädchenalter hinter sich gelassen haben.

Hazel blieb regungslos, ungläubig stehen. Die Pflegerin begann laut zu überlegen:

– Es wird Zeit, einen Schlachtplan zu machen. Wir warten lieber nicht, bis die Schergen wach werden. Ideal wäre es, wenn wir eine Waffe fänden. Wo zum Teufel könnte es in diesem Haus eine geben?

Loncours würgte an seinem Knebel. Mit dem Kinn deutete er zum Spiegel.

– Was wollen Sie sagen? fragte Mademoiselle Chavaigne. Daß der Spiegel eine Waffe ist?

Er schüttelte verneinend den Kopf und deutete abermals zum Spiegel. Françoise drehte den Spiegel herum und fand eine Pistole an der Rückseite aufgehängt. Sie nahm sie und vergewisserte sich, daß sie geladen war.

– Gute Idee, die gefährlichen Dinge am gleichen Ort zu verwahren. Wenn Sie uns so bereitwillig Ihre Verstecke verraten, wollen Sie offenbar kooperieren. Ich werde Ihnen also den Knebel abnehmen, aber ich kann Ihnen versichern, daß ich beim geringsten Schrei nicht zögern werde zu schießen.

Sie zog ihm das Hemd aus dem Mund. Er atmete auf und sagte:

– Sie haben nichts zu befürchten. Ich bin auf Ihrer Seite.

– Sagen Sie besser, Sie sind unsere Geisel. Der Tag, an dem ich Ihnen traue, wird wohl nie kommen. Sie haben mich eingesperrt, Sie haben mir den Tod angedroht –

– Da hatte ich noch etwas zu verlieren. Jetzt nicht mehr.

– Hazel ist noch immer unter Ihrem Dach.

– Ja, aber nun weiß sie Bescheid. Ich habe sie verloren.

– Sie könnten sich versucht fühlen, sie mit Gewalt zurückzuhalten.

– Nein. Entgegen allem, was Sie von mir denken, liebe ich den Zwang nicht. In diesen fünf wundervollen Jahren habe ich Hazel mit List festgehalten. Ihr Gewalt anzutun, reizt mich nicht. Ich bin ein zartfühlender Mensch.

– Und da prahlt er auch noch!

– Was ein zartfühlender Mensch ist, können Sie natürlich nicht wissen, Sie Ärmste!

– Was Sie getan haben, scheint mir nicht allzu viel Zartgefühl zu beweisen.

– Was liegt schon an meinen Verfehlungen, wenn ich sie doch wiedergutmache? Ich bin im Besitz eines kolossalen Vermögens. Das überlasse ich Hazel bis auf den letzten Sou.

– Ich glaube nicht, daß Ihr Geld die fünf Jahre ihres Lebens, die Sie ihr gestohlen haben, vergessen machen kann.

– Kommen Sie mir nicht mit Ihren albernen Platitüden! Zunächst mal, so unglücklich ist sie nicht gewesen. Und dann ist es für ein bettelarmes Waisenmädchen doch gar nicht so übel, zu einem solchen Geldsegen zu kommen, ohne irgendwen heiraten zu müssen.

– Denken Sie, Hazel ist eine Nutte, oder was?

– Im Gegenteil. Niemanden auf der Welt habe ich je so geliebt. Das weiß sie, und darum wird sie annehmen.

– Sie muß sich vor allem rächen. Worauf warten Sie denn, verdammt noch mal? sagte sie zu dem Mädchen. Da sitzen Sie nun, schlaff, geistesabwesend, wo Sie doch nun endlich begriffen haben, welchem Schwindel Sie so lange aufgesessen sind. Erinnern Sie sich daran, wie Sie mir sagten, daß der Kapitän Ihnen etwas verberge, daß er ein finsteres Geheimnis haben müsse? Nun ja, das Geheimnis war Ihr Gesicht, dessen Schönheit seit fünf Jahren schon alle Welt hätte entflammen müssen – fünf Jahre, die Sie im Ekel vor sich selbst vergeudet haben. Der Schuldige liegt vor Ihnen, an Händen und Füßen gefesselt.

– Was soll ich denn tun? murmelte Hazel, die regungslos auf dem Boden sitzen blieb.

– Schlagen, ohrfeigen, beschimpfen und bespucken Sie ihn!

– Wozu sollte das gut sein?

– Ihnen Erleichterung zu verschaffen.

– Das verschafft mir keine Erleichterung.

– Sie enttäuschen mich. Erlauben Sie, daß ich es für Sie tue? Ich tät es gern, ich würde ihn schütteln wie einen Pflaumenbaum und ihm alle Schande ins Gesicht sagen, diesem widerlichen alten Dreckskerl!

Bei diesen Worten schien das Mädchen wieder ganz wach zu werden. Es stand auf, trat zwischen Françoise und Loncours und bat:

– Lassen Sie ihn in Ruhe!

– Haben Sie Mitleid mit ihm?

– Ich verdanke ihm alles.

Die Pflegerin war sprachlos. Endlich, in höchster Wut, die Pistole immer noch auf den Kopf des Alten gerichtet, fand sie wieder Worte:

– Da bleibt mir die Spucke weg! Sind Sie denn blöd?

– Ohne ihn wäre ich nichts, stotterte das Mädchen.

– Sagen Sie das wegen des Vermögens, das er Ihnen bietet? Das ist nur eine armselige Entschädigung, wenn Sie meine Meinung hören wollen.

– Nein, ich dachte an die unbezahlbaren Dinge, die er mir gegeben hat.

– Ja, ein Gefängnis, die allwöchentliche Vergewaltigung, die Erniedrigung – lauter Dinge, die Ihnen im Grunde gefallen haben, nicht? Er hatte recht, das alte Schwein.

Das Mädchen schüttelte empört den Kopf.

– Sie haben nichts begriffen. So war das nicht.

– Aber Hazel, Sie haben mir doch selbst gesagt, wie Sie das anwiderte, wie es Sie krank machte, jede Nacht befürchten zu müssen, daß er zu Ihnen ins Bett käme.

– Das stimmt. Aber so einfach ist es nicht.

Françoise nahm einen Stuhl und setzte sich hin, niedergeschmettert von dem, was sie da hörte, aber immer noch auf Loncours' Schläfe zielend.

– Dann erklären Sie mir bitte diese vielschichtige Lächerlichkeit Ihrer seelischen Verfassung!

– Ich habe eben zum ersten Mal mein Gesicht gesehen. Sie meinen, das sei ein Grund, ihm böse zu sein – und tatsächlich bin ich es, denn ich habe drunter gelitten, daß ich glauben mußte, häßlich zu sein. Aber dieses Gesicht, andererseits, das verdanke ich ihm.

– Was ist das wieder für ein Humbug?

– Wie ich Ihnen schon sagte, ich habe mich nicht ganz und gar wiedererkannt... Ich war früher schon hübsch, aber jetzt bin ich... nun ja, schön. Sie haben gesagt, ich sei eben aus dem Jungmädchenalter heraus. Das scheint mir nicht alles zu erklären; ich war ja auch damals schon fast achtzehn. Nein, ich bin überzeugt, er ist es, durch den ich so geworden bin.

– Hat er Sie operiert? sagte die Pflegerin wegwerfend.

– Nein, geliebt hat er mich, so sehr geliebt!

– Sie sind größer und schlanker geworden. Damit hat er nichts zu tun.

– Was den Körper angeht, mögen Sie recht haben. Mit dem Gesicht verhält es sich anders. Wäre mir nicht so viel Liebe zuteil geworden, hätten meine Züge nicht dieses Licht und diese Feinheit angenommen.

– Ich würde eher sagen, wenn Sie nicht fünf Jahre lang mit einem alten Knacker als einzigem Umgang eingesperrt gewesen wären, würden Sie nicht solch dummes Zeug reden. Nehmen Sie eine häßliche Göre, überschütten Sie die mit Liebe, und Sie werden sehen, was Ihre Theorie taugt.

– Ich will meine natürlichen Vorzüge nicht leugnen. Aber nur ihm ist es zu verdanken, wenn daraus Schönheit entstanden ist. Nur eine so starke Liebe, wie er sie mir gegeben hat, konnte eine solche Harmonie hervorbringen.

– Hören Sie auf, ich kann diesen Stuß nicht mehr hören!

– Und ich kann nicht genug davon hören, warf Loncours mit seligem Lächeln ein.

– Sehn Sie nur, es geht ihm runter wie Öl! entrüstete sich Françoise. Das ist die Höhe! Er hält sie jahrelang gefangen, und sie bedankt sich!

– Wenn Sie mir erlauben würden, meine Ansicht zu äußern… fuhr er fort.

– Halten Sie den Mund, oder ich schieße!

– Nein, lassen Sie ihn reden! sagte das Mädchen.

– Danke, mein Kind! sagte er. Also, wenn ich meine Ansicht äußern darf, dann haben Sie beide recht und unrecht. Hazel hat unrecht: Als ich ihr vor fünf Jahren begegnete, war sie schon schön genug, um aller Welt den Kopf zu verdrehn. Nicht umsonst war ich auf den ersten Blick so hingerissen, daß ich sie entführt habe. Und Hazel hat auch recht: Ihre Schönheit strahlt heute noch heller als vor fünf Jahren. Françoise hat recht: Das Ende des Jungmädchenalters macht viel aus. Und Françoise hat unrecht: Meine Liebe hat etwas dazu beigetragen, ihren Glanz zu steigern.

– Dann hat Hazel Sie wohl nicht genug geliebt, sonst wären Sie nicht so häßlich und verschrumpelt.

– Man kann nicht alles haben. Ich finde es schon ungewöhnlich, daß Sie etwas Zärtlichkeit für mich empfunden hat.

– Es war mehr als Zärtlichkeit.

– Hazel, halten Sie den Mund, oder es setzt Ohrfeigen!

– Warum regen Sie sich so auf, Françoise?

– Warum? Was meinen Sie? Ich komme in ein mir unbekanntes Haus, treffe ein gefangengehaltenes Mädchen, es beklagt sich über ihren Mißbrauch durch den Lustgreis, dem es schutzlos ausgeliefert ist, es schaut mich mit seinen großen Augen flehend an und sagt, ich sei seine einzige Freundin; und ich naives Provinztrampel, ich bin erschüttert, setze mein Leben aufs Spiel, um dem armen Opfer zu Hilfe zu kommen, kaufe so viele Thermometer, daß ich in Verdacht komme, jemanden vergiften zu wollen, werde meinerseits eingesperrt, entkomme unter Lebensgefahr, und statt ins Meer zu springen und zu fliehen, komme ich zurück in die Höhle des Löwen, um die Ärmste zu retten, enthülle ihr endlich den scheußlichen Schwindel, in dem sie leben muß – und was ist das Ergebnis all meiner Bemühungen? Die blöde kleine Gans sagt zu dem alten Dreckskerl in begütigendem Ton: »Ich empfinde mehr als nur Zärtlichkeit für Sie!« Machen Sie sich über mich lustig?

– Beruhigen Sie sich doch, Sie müssen mich verstehen …

– Ich verstehe, daß ich eine Spielverderberin bin. Im Grunde störe ich Sie nur. Hat man je ein Pärchen gesehen, das so prächtig zusammenpaßt? Sie waren mit Begeisterung das Opfer; er war sehr stolz, in seinem Alter noch den

Peiniger spielen zu können. Und ich, woher sollte ich wissen, welche Rolle Sie mir in Ihrer Komödie zugedacht hatten? Ach ja, da fehlte noch eine wichtige Zutat in Ihrem perversen Vergnügen: ein Zuschauer. Eine naive Zuschauerin, deren Entrüstung Ihre Wonne und Erregung verzehnfacht. Diese Rolle kann niemand besser ausfüllen als eine spießige kleine Krankenschwester, die aus ihrem Heimatnest noch nie herausgekommen ist. Aber da haben Sie kein Glück: Sie sind an ein Mädchen mit schlechtem Charakter geraten. Was hindert mich, Sie alle beide zu töten?

– Sie ist verrückt! sagte Loncours.

– Aufgepaßt, Sie! Ich habe den Finger am Abzug.

– Nicht schießen, Françoise, Sie haben nichts begriffen!

– Sie wollen mir noch mal sagen, daß ich zu blöd bin, um das Seelendrama, das sich hier abspielt, in seinen Nuancen zu erfassen?

– Meine liebste Freundin, meine Schwester.

– Nein, nichts davon geht mehr! Ich mach nicht mehr mit.

Das Mädchen warf sich auf die Knie und sprach mit flatternder Stimme:

– Françoise, finden Sie mich meinetwegen albern und erschießen Sie mich, aber glauben Sie nicht, ich bitte Sie, daß ich Sie hereinlegen oder mich über Sie lustig machen wollte. Sie sind mir der liebste Mensch auf der Welt.

– Nein, das ist er, Ihr Liebster!

– Wie können Sie zwei so verschiedene Gefühle vergleichen? Er ist mein Vater, Sie sind meine Schwester.

– Ein komischer Vater!

– Ja, ein komischer Vater. Ich weiß selbst am besten, daß

er sich an mir vergangen hat. Seine Verfehlungen sind unmäßig und unverzeihlich. Und dennoch, an einem kann ich nicht zweifeln: daß er mich liebt.

– Schöne Geschichte!

– Ja, schöne Geschichte, so sehr zu lieben! In diesem Haus habe ich mich über alle Maßen geliebt gefühlt.

– So schön, wie Sie sind, hätte jeder Mann Sie geliebt bis zum Wahnsinn.

– Das stimmt nicht. Einer so großen Liebe sind nur sehr wenige Männer fähig.

– Was wissen denn Sie? Sie hatten doch keinerlei Erfahrung, bevor Sie hierherkamen.

– In dieser Sache habe ich keinen Zweifel. Man muß kein großer Gelehrter sein oder viel erlebt haben, um zu merken, daß die Liebe unter Menschen nicht gang und gäbe ist.

– Sagen Sie lieber, daß Sie gezwungen sind, sich das einzureden! Das ist für Sie die einzige Möglichkeit, den Gedanken an diese fünf gräßlichen Jahre zu ertragen.

– Ich habe schöne Augenblicke hier erlebt. Ich bedaure nichts, weder die Begegnung mit dem Kapitän noch meine Rettung durch Sie. Sie sind zur rechten Zeit gekommen. Die fünf Jahre auf Mortes-Frontières haben mir Freuden bereitet, die am Ende bitter geworden wären, wenn Sie nicht gekommen wären und Schicksal gespielt hätten.

– Ich verstehe Sie nicht. Hätte Loncours mir angetan, was er Ihnen angetan hat, ich würde ihn umbringen.

– Ich hab es Ihnen schon mal gesagt, man muß sich damit abfinden, seine Freunde nicht in allem verstehen zu können. Ich verstehe Sie auch nicht immer. Ich mag Sie darum nicht weniger. Und mein Leben lang werde ich Ihnen dafür dankbar sein, daß Sie mir über die Unsinnigkeit meiner Gefangenschaft die Augen geöffnet haben. Hätte ich in diesem Abscheu vor mir selbst verharren müssen, wäre ich vielleicht so geendet wie Adèle.

– Endlich ein vernünftiges Wort! Sie sehen also, daß Sie gute Gründe haben, den alten Dreckskerl zu hassen.

– Ohne Zweifel.

Das schöne Gesicht des Mädchens nahm einen seltsamen Ausdruck an. Es stand wieder auf, ging um Françoise herum und trat nah an den Kapitän heran, der sich inzwischen von seinen Fesseln befreit hatte. Ihre Miene wurde plötzlich hart. Und nun begann ein so angespanntes Zwiegespräch, daß Françoise sich fragte, ob die beiden ihre Anwesenheit nicht vergessen hatten.

– Ja, ich nehme es Ihnen übel, sagte die Kleine zu Loncours. Nicht, daß Sie mich gefangengehalten haben, nicht, daß Sie mir vorgemacht haben, ich sei häßlich. Ich bin Ihnen böse wegen Adèle.

– Was kannst du mir vorwerfen, wo du sie doch gar nicht gekannt hast?

– Daß Sie sie geliebt haben. Ich bin nicht wie Françoise: Ihre Liebesuntaten erwecken in mir eine Art Bewunderung. Ein Mann, den die Liebe bis zur Niederträchtigkeit treibt, bis zur Vernichtung derjenigen, die er liebt – das kann ich verstehen. Was mich aber empört, ist der Gedanke, daß ich nicht die erste bin. Ihre Verbrechen werden dadurch gleichsam banalisiert: Ihre Größe erwuchs aus dem Außergewöhnlichen, der Einzigartigkeit. Wenn ich nur eine Wiederholung bin, ja, dann bin ich Ihnen böse und verabscheue Sie.

– Kann es sein, daß du eifersüchtig bist? Welch unverhoffter Liebesbeweis!

– Sie haben mich nicht verstanden. Ich bin eifersüchtig für Adèle. Wenn Sie Adèle so geliebt haben, daß Sie ihretwegen zu einer solchen Machenschaft imstande waren, wie konnten Sie dann nach ihr noch eine andere lieben? Entehren Sie nicht Ihre Geliebte, wenn Sie ihr eine Nachfolgerin geben?

– Das meine ich nicht. Zu was wären die Toten nütze, wenn nicht dazu, uns die Lebenden um so mehr lieben zu lassen? In den fünfzehn Jahren nach ihrem Selbstmord habe ich gelitten. Dann habe ich dich gefunden. Seither spreche ich von ihr in der Gegenwart. Verstehst du nicht, daß ihr, du und Adèle, ein und dieselbe seid?

– Das sagen Sie wegen der vagen Ähnlichkeit unserer Namen. Das ist lächerlich.

– Von euren Ähnlichkeiten beunruhigt mich die der Namen noch am wenigsten. Ich habe viel erlebt und bin weit herumgekommen, ich habe so viele Menschen gesehen und so viele Frauen gehabt, daß ich mich mit den Raritätswerten ein wenig auszukennen glaube. Unter Männern und Frauen ist nichts ungleichmäßiger verteilt als die Anmut. Ich habe nur zwei junge Mädchen gekannt, in denen sie sich abzeichnete. Weil ich sie beide gekannt und geliebt habe, weiß ich, daß sie ein und dieselbe sind.

– All die Jahre hindurch haben Sie mich also nur wegen meiner Ähnlichkeit mit einer anderen geliebt? Die Vorstellung ist mir verhaßt!

– Es bedeutet, daß ich dich schon vor deiner Geburt geliebt habe. Als Adèle starb, warst du drei Jahre alt – im

Alter der frühesten Erinnerungen. Ich denke mir gern, daß du etwas von ihrem Gedächtnis geerbt hast.

– Ich finde, das ist ein abscheuliches Hirngespinst.

– Es ist kein Hirngespinst, es ist eine Gewißheit. Warum hast du Angst, auf der Insel spazierenzugehen, warum spürst du am Ufer eine Anwesenheit, von der du sagst, sie sei herzzerreißend? Weil du dich daran erinnerst, daß du dich vor zwanzig Jahren dort umgebracht hast.

– Schweigen Sie, oder ich werde verrückt!

– Du hast dich getäuscht, als du sagtest, du seiest erst in diesen fünf Jahren schöner geworden: Diese Entwicklung hat schon vor deiner Geburt begonnen, 1893, als ich Adèle begegnet bin. All meine Liebe zu deiner früheren Verkörperung ist dir zugute gekommen. Und du trägst nun die Frucht, denn du bist besser, als sie es war: Du bist offener für das Leben. In ihr war ein Bruch, eine Verzweiflung, eine schicksalhafte Unzufriedenheit, die du nicht geerbt hast. Das ist der Grund, warum sie sich umgebracht hat. Du würdest das nie tun, du bist zu lebendig.

– So, glauben Sie? sagte das Mädchen hitzig.

Und wutentbrannt riß sie Françoise die Pistole aus den Händen und hielt sie sich selbst an die Schläfe.

– Hazel! riefen der alte Mann und die junge Frau wie aus einem Munde.

– Wenn Sie mir näher kommen, schieß ich! sagte sie, und in ihren Augen stand felsenfeste Entschlossenheit.

– Sie schwachsinniger Greis! schimpfte die Pflegerin. Da sehen Sie die Wohltaten Ihrer Liebe: Gleich werden Sie zwei Tote auf dem Gewissen haben.

– Hazel, nein, ich bitte dich, meine Liebe, tu es nicht!

– Wenn ich, wie Sie versichern, die wiedergeborene Adèle bin, wäre nichts logischer, als es zu tun.

– Nein, Hazel, sagte die junge Frau. Für Sie bricht ein neues Leben an, das Sie begeistern wird. Sie werden sehen, wie erhebend es ist, schön zu sein. Sie werden reich und frei sein, für Sie ist alles möglich.

– Darauf pfeif ich!

– Du hast kein Recht, auf Dinge zu verzichten, die du nicht kennst.

– Diese Dinge interessieren mich nicht. Ich habe hier das Beste von allem, was ich zu erleben hatte, erlebt. Nun bin ich Adèle, wie könnte ich an etwas anderes denken als an meinen Tod?

– Er hat recht, ereiferte sich Françoise. Wenn in dieser Sache jemand getötet werden muß, dann er. Warum sollten Sie sich selbst umbringen? Seit wann richtet man statt der Schuldigen die Opfer hin?

– Ich könnte ihn nicht töten, stammelte das Mädchen, immer noch mit der Mündung der Pistole an der eigenen Schläfe. Es ginge über meine Kräfte.

– Dann geben Sie mir die Waffe! befahl Françoise. Ich erledige das.

– Mademoiselle, dies ist eine Angelegenheit zwischen Hazel und mir. Hazel, ich habe nichts gegen die Idee der Selbsttötung, aber in deinem Fall ist sie nicht zu rechtfertigen. Sie würde das Grauen vor Adèles Tod verdoppeln. Adèle hatte wenigstens die Entschuldigung, daß sie verzweifelt war.

– Ich bin verzweifelt.

– Du hast keinen Grund, es zu sein. Heute ist dein Geburtstag, und als Geschenk erhältst du Schönheit, ein Vermögen und die Freiheit.

– Hören Sie auf, Sie widern mich an! Wie könnte ich vergessen, was ich hier erlebt habe? Wie könnte ich eine solche Last mein Leben lang mitschleppen?

– Wer spricht von einer Last? Wer spricht von Vergessen? Ich für mein Teil, ich hoffe sehr wohl, daß du dich erinnerst. Wenn du von hier fortgehst, bist du mit einer wundervollen Liebe behaftet, die dir in alle Ewigkeit gehört. Es gibt keinen größeren Reichtum.

– Diese Geschichte ist ein Gefängnis, das ich mit mir herumtrage. Die Erinnerung an Sie wird mich unablässig verfolgen. Um mich frei zu machen, muß ich irgend etwas zerbrechen.

– Ja, aber nicht deinen Schädel. Den Kreislauf mußt du durchbrechen. Wenn du dich tötest, verstärkst du ihn, statt ihn aufzuheben. Deine Freundin hat recht: Wenn du es wirklich nötig findest, jemanden zu töten, um daraus auszubrechen, dann töte mich!

– Sie wollen, daß ich Sie töte? Sie wollen es wirklich?

– Ich will vor allem, daß du nicht dich selbst tötest. Nach Adèles Tod habe ich fünfzehn Jahre die Hölle durchgemacht. Und dann bin ich dir begegnet und glaubte, ich sei erlöst. Trotzdem, ich bin aus Schaden klug geworden, verstehst du? Solltest auch du dich durch mein Verschulden umbringen, wie viele Jahrhunderte müßte ich dann diese klaffende Wunde tragen? Wenn du auch nur das geringste bißchen Zärtlichkeit für mich empfindest, dann tu es nicht! Mich zu töten, wäre eine vortreffliche Lösung.

Die Stimme des Alten hatte etwas Hypnotisches. Unendlich sanft nahm er die Hand des Mädchens und führte sie mit der Pistole an die eigene Schläfe. Françoise atmete auf.

– Ich gehöre dir, Hazel. Wenn du den Abzug drückst, geschieht dir und mir Gerechtigkeit. Dann wirst du Adèle gerächt haben und die fünf Jahre deiner Gefangenschaft. Für mich wird es der Beweis sein, daß du die Kraft zu leben gefunden hast und daß ich nicht zum zweiten Mal mein Leben darauf verwendet habe, meine einzig Geliebte zu töten.

Lange herrschte Schweigen. Françoise betrachtete hingerissen die Szene: Das Mädchen war noch nie so schön gewesen wie in diesem Augenblick, mit der Pistole an Loncours' Schläfe, die Augen trunken von der Möglichkeit des Mordens. Der Kapitän war wie verwandelt, so sehr erleuchtete der Wahnsinn der Liebe sein verwüstetes Gesicht – und für einen Augenblick ertappte sich die Zuschauerin bei dem Gedanken, daß es sehr erregend sein mußte, von einem solchen Mann geliebt zu werden.

Er hatte das Handgelenk des Mädchens losgelassen, und nur noch die Feuerwaffe verband sie miteinander. Er machte eine eigenartige Gebärde: Er legte die Lippen an den Lauf, nicht um ihn in den Mund zu nehmen wie ein Opfer, das dem Mörder die Aufgabe erleichtern will, sondern um ihm einen Kuß so voller Liebe zu geben, als wären die metallenen Lippen die Lippen seiner Geliebten.

– Und dennoch rate ich dir nicht, mich zu töten, sagte er schließlich.

– Da haben wir's, jetzt läßt er die Luft raus! entrüstete sich die Pflegerin.

– Wenn du auf meine Interessen Rücksicht nimmst, ist es tausendmal besser, ich sterbe. Du wirst fortgehn, und mein Leben ist nichts mehr. Dennoch, um es recht zu bedenken, ist es egoistisch von mir, wenn ich dich darum bitte zu schießen: der ewige Frieden für mich, die Polizei für dich. Ich möchte nicht, daß du verfolgt wirst.

– Ich pfeif auf die Polizei, sagte das Mädchen in liebevollem Ton.

– Da hast du unrecht. Vor ihr Ruhe zu haben, ist unbezahlbar. Ich wüßte dich so gern glücklich.

– Das sind doch Fisimatenten! rief die Zuschauerin dazwischen. Sie verschonen ihn, und er wird ein drittes Opfer finden, dem er dann erzählt, es sei Ihre Wiedergeburt.

– Wenn du glaubst, daß sie die Wahrheit sagt, dann töte mich!

– Ich glaube es nicht. Ich glaube, für Françoise ist es Chinesisch, was Sie sagen.

– Ich möchte vor allem, daß du frei wirst von der Erinnerung an mich. Wenn du mich tötest, werde ich dir im Gedächtnis um so gegenwärtiger bleiben. In meinem langen Leben ist es vorgekommen, daß ich Leute getötet habe. Ich kenne die seltsamen Wirkungen des Mordes. Er hat eine mnemotechnische Seite: Die Gefährten aus meiner Vergangenheit, deren ich mich am besten entsinne, sind diejenigen, denen ich aus dem einen oder anderen Grund den Garaus gemacht habe. Wenn du mich tötest, würdest du glauben, dich von mir zu lösen, während doch diese Tat selbst mich für immer deiner Erinnerung einprägen würde.

– In meiner Erinnerung, da sind Sie schon. Sie sind meine Erinnerung. Dazu muß ich Sie nicht erst töten.

– Ja, aber du hast noch die Wahl zwischen der unauslöschlichen Erinnerung und dem bösen Gewissen. Erstere macht dich für immer stark, letzteres vergiftet dir das Leben. Ich weiß, wovon ich rede.

– Wenn ich Sie nicht töte, was wird dann aus Ihnen?

– Mach dir darum keine Sorgen!

– Was soll aus mir werden, ohne Sie?

– Das Schicksal hat uns eine wunderbare Beschützerin gesandt, die du liebst und die dich liebt. Sie wird dir eine große Schwester sein, so klug, wie du närrisch, und so stark, wie du schwach bist, mutig und – was in meinen Augen ihre herrlichste Eigenschaft ist – voller Haß gegen deine künftigen Peiniger.

– Ebenso wie gegen die früheren! sagte die Pflegerin sarkastisch.

– Siehst du? Sie ist prächtig.

– Werden Sie Mortes-Frontières verlassen?

– Nein. Hier spricht mir alles von dir. Ich werde mich ans Ufer setzen, aufs Meer hinausblicken und an dich denken. Und die Grenze zum Tod überschreiten.

Das Mädchen brachte es nicht fertig, die Waffe zu senken, als wäre diese metallene Verlängerung des Armes das letzte, was sie mit dem Kapitän noch verband.

– Was tun? Was tun? fragte sie und schüttelte den herrlichen Haarschopf.

– Hab Vertrauen zu mir! Siebenundsiebzig Jahre hab ich gebraucht, um edelmütig zu werden, aber jetzt bin ich's.

Er griff nach ihrer Hand, nahm ihr die Pistole ab und reichte sie Françoise, zum Zeichen seiner Aufrichtigkeit. Er bedeckte die entwaffnete Hand mit Küssen.

Dann gab er Françoise einen Umschlag.

– Darin finden Sie mein Testament und die Adresse meines Notars. Ich verlasse mich darauf, daß Sie alles regeln. Und ich danke Merkur, daß er Sie mir geschickt hat.

Er wandte sich zu seiner Pflegetochter und gab auch ihr einen Umschlag.

– Lies es erst, wenn du auf dem Festland bist!

Er schloß sie in die Arme. Er hielt das Gesicht seiner Geliebten zwischen den Händen und verzehrte es mit den Augen. Sie war es, die ihre Lippen den seinen entgegenstreckte.

Die beiden Freundinnen bestiegen das Fährboot. Aschfahl blickte die Jüngere der davonschwimmenden Insel nach. Die Ältere betrachtete strahlend die näher rückende Küste.

Françoise machte sich sofort auf den Weg nach Tanches, zum Notar des Kapitäns.

Hazel setzte sich an den Strand, mit dem Gesicht zum Meer, und öffnete den Brief ihres Pflegevaters. Er enthielt eine kurze Notiz:

Hazel, meine Geliebte,

jedes Begehren ist Angedenken. Jede Geliebte ist die Wiedergeburt einer unbefriedigt Verstorbenen.

Du bist die Tote und die Lebende.

Dein Omer Loncours

– Sie sind sehr reich, sagte die Ältere trocken nach ihrer Rückkehr aus Tanches.

– Nein, wir sind sehr reich. Ist es noch immer Ihr Herzenswunsch, auf einem großen Dampfer über den ganzen Ozean zu fahren?

– Mehr denn je.

– Dann schlage ich vor: New York.

Auf der Fahrt nach Cherbourg erklärte die ehemalige Krankenschwester:

– Ich glaube nicht, daß Adèle wirklich sterben wollte. Sie ist zur Küste hin ins Wasser gegangen, nicht zum offenen Meer hin. Zweifellos hat sie nur nicht die Kraft gehabt, bis nach Nœud hinüberzuschwimmen.

Kurz vor der Abfahrt erhielt sie ein Telegramm mit der Nachricht von Loncours' Selbstmord. Beigefügt war eine kleine an sie gerichtete Notiz:

Liebe Mademoiselle,

ich verlasse mich auf Sie: Hazel soll von meinem Tod nichts erfahren.

Omer Loncours
Mortes-Frontières, den 31. März 1923

»Ich habe ihn falsch eingeschätzt«, sagte sich Françoise. »Er war wirklich edelmütig.«

An Bord des Dampfers, der von Cherbourg über den Atlantik nach New York fuhr, waren alle sich einig, daß Mademoiselle Englert und Mademoiselle Chavaigne gemeinsam die Palme der schönsten Frau unter den Passagieren verdienten.

Gemeinsam bewohnten sie auch die schönste Kabine, in der sich ein großer Spiegel befand. Stundenlang konnte sich Hazel darin betrachten, in der Hand den Brief des Kapitäns, in den Augen unersättliches Entzücken.

– Narzisse! rief Françoise ihr lächelnd zu.

– Genau! antwortete sie. Ich verwandle mich gleich in eine Blume.

New York war eine Stadt, wo es sich leben ließ, wenn man Geld hatte. Die beiden Freundinnen kauften sich eine herrliche Wohnung mit Blick auf den Central Park.

Jede von ihnen erlebte noch so allerlei, aber sie trennten sich niemals.

Anmerkung der Autorin

Dieser Roman hat zwei Schlüsse. Dies war nicht von vornherein meine Absicht. Ich bin auf ein neues Phänomen gestoßen: Als ich diesen ersten Schluß mit glücklichem Ausgang fertig hatte, spürte ich die gebieterische Notwendigkeit, noch einen anderen aufzuschreiben. Als auch dieser fertig war, konnte ich mich zwischen beiden Versionen nicht entscheiden, denn beide erschienen mir gleichermaßen zwingend und von einer ebenso verwirrenden wie unerbittlichen Logik der Figuren geleitet.

Also habe ich mich entschlossen, beide stehenzulassen. Ich lege Wert auf die Feststellung, daß daraus keinesfalls auf einen Einfluß jener interaktiven Welten zu schließen ist, die heute in der Informatik und anderswo grassieren. Diese Welten sind mir ganz und gar fremd.

Diese andere Version zweigt von der Geschichte in dem Moment ab, in dem Françoise nach ihrer Flucht sich anschickt, in Hazels Zimmer einzutreten, um ihr die Wahrheit zu verraten (Seite 121).

Sie wollte eben bei Hazel eintreten, als sie von eisernen Fäusten gepackt wurde: Es waren die Schergen, stumm und unbeirrbar wie immer. Sie schleppten sie in Loncours' Zimmer.

Vor Wut, so kurz vor dem Ziel gescheitert zu sein, hatte Françoise nicht einmal Angst.

– Um es noch mal zu sagen, Mademoiselle, ich bewundere Ihre Intelligenz ebenso wie Ihre Dummheit. Was für ein Reichtum an Einfällen bei der Vorbereitung Ihrer Flucht! Aber hat man je so viel Geistesgegenwart im Dienst einer so törichten Sache gesehen? Was gedachten Sie meiner Pflegetochter denn zu erzählen?

– Das wissen Sie selbst.

– Ich möchte es aus Ihrem Munde hören.

– Die Wahrheit: daß sie schön ist, so strahlend schön, daß man verrückt werden könnte.

– Oder toll.

– Oder kriminell. Ich würde ihr alles sagen, von Ihrem gemeinen Schwindel und von Adèle, die Sie vor ihr gefangengehalten haben.

– Sehr schön. Und dann?

– Und dann? Nichts. Das wird genügen.

– Genügen wozu?

– Dazu, daß sie endlich zu leben anfängt. Ich sähe außerdem gern, daß sie Sie umbringt, kann aber nicht garantieren, daß sie dazu fähig ist. Ich wäre es, aber das ist ja nicht meine Sache.

– Es ist eher Ihre als Hazels Sache.

– Warum sagen Sie das?

– Weil ich Ihr Rivale bin. Wenn irgendwer hier mich verabscheut, dann Sie. Nicht Hazel.

– Das wäre binnen Sekunden zu klären. Lassen Sie mich ihr die Wahrheit sagen: kein Zweifel, daß sie dann vor Ihnen ausspuckt.

– Nicht unmöglich. Wenig wahrscheinlich ist dagegen, daß sie mich verläßt.

– Ihre Schergen werden sie hindern?

– Nein. Nach so langer Zeit in die Welt zurückzukehren, wäre eine Torheit, die sie nicht begehen wird.

– Es waren ja nicht mehr als fünf Jahre in dieser Abgeschiedenheit. Sie ist noch jung und wird sich wieder zurechtfinden; das ist nicht unüberwindlich. Sie reden von ihr, als wäre sie Robinson Crusoe.

– Ich rede von ihr, als wäre sie Eurydike. Seit fünf Jahren glaubt sie, tot zu sein. Eine Wiederbelebung erfordert verflucht viel Kraft.

– Die wird sie haben. Ich helfe ihr.

– Und ich? Gewiß haben Sie in Ihren Plänen doch auch an mich gedacht?

Sie lachte schallend.

– Wahrhaftig nicht! Es ist mir egal, was aus Ihnen wird.

– Sie wollen sagen, was aus mir geworden wäre. Denn ich darf Sie daran erinnern, daß Ihr Plan fehlgeschlagen ist.

– Ich habe mein letztes Wort noch nicht gesprochen.

– Bevor Sie es verkünden, gebe ich Ihnen noch diese Kleinigkeit zu bedenken: Sehen Sie nicht die sterile Dummheit in Ihrem Heldentum? Nur mit viel Gerissenheit und vielen Vorsichtsmaßnahmen habe ich dieses Paradies schaffen können. Jawohl, ein Paradies: Auf Mortes-Frontières habe ich alles, was ich will, und das ist gut so, und entziehe mich allem, was mir mißfällt, und das ist noch besser. Für mich allein hab ich den Garten Eden wiedererschaffen. Das hat mich viel Geld gekostet, für den Kauf der Insel und den Bau dieses höchst ungewöhnlichen Hauses, ganz zu schweigen von den Gehältern meiner Gorillas. In unserem Jahrhundert, das vielen Freiheiten den Garaus zu machen verspricht, war dies nötig, um mich mit meinen unstatthaften Wünschen abzuschirmen, um meine unsterbliche Eva vor den tausend Schlangen zu verbergen, die sie mir sonst abspenstig gemacht hätten. Hören Sie also auf, mich nach den Ukasen der Moral zu verurteilen, und ermessen Sie mein Verdienst an der Elle des Prometheus!

– Weil man Sie obendrein auch noch bewundern soll?

– Man muß die Menschen bewundern, die des Glücks fähig sind. Statt ihr in harten Kämpfen erstrittenes Glück vernichten zu wollen, muß man ihren Mut und ihre Entschlossenheit rühmen.

– Dann muß man zweifellos auch der Komödie, mit der ein junges Mädchen gefangengehalten wird, applaudieren?

– Würden Sie die jungen Mädchen so gut kennen wie ich, so wüßten Sie, daß sie Sinn für Tragik haben.

– Sie scheinen zu übersehen, daß ich auch einmal eines gewesen bin.

– Sie sind niemals ein eingesperrtes, unterdrücktes und verwöhntes junges Mädchen gewesen. Hätten Sie das je erlebt, so wüßten Sie, daß die Jungfrauen klare Regieanweisungen lieben.

– Sonderbar, in meinen Jungmädchenträumen gab es kein solches Affentheater.

– Stimmt, sie müssen ein sehr eigenartiges Mädchen gewesen sein. Und Sie werden erlauben, daß ich mich weiterhin auf Andeutungen beschränke.

– Deuten Sie an, was Sie wollen! Am Ende werde ich doch noch mit Ihnen fertig.

– Mag sein. Aber vorher denken Sie ein wenig nach! Ich kann Ihnen versichern, Sie haben Grund dazu.

Die Schergen brachten Françoise wieder in das Karmesinzimmer. Sie nahmen die Bücher mit, die ihr zur Flucht verholfen hatten, und sicherheitshalber auch den Tisch. Die Tür wurde verschlossen.

Allein geblieben, konnte sie nicht umhin, die Anweisung des Kapitäns zu befolgen: Sie dachte nach. Sie dachte lange nach.

Als sie am Nachmittag ins Zimmer ihrer Patientin trat, sah Hazel verheult aus.

– Was machen Sie für ein Gesicht, und das an Ihrem dreiundzwanzigsten Geburtstag! Ich gratuliere trotzdem.

– Wie könnte ich mich freuen und über was denn? Darüber, daß ich bis ans Ende meiner Tage hier eingesperrt bin, daß ich zitternd darauf warte, daß der Kapitän zu mir ins Bett kommt?

– Denken Sie nicht dran!

– Wie könnte ich an etwas anderes denken? Am schlimmsten ist, daß ich heute nacht einen wundervollen Traum hatte, der leider zu früh abriß: Ein Lichtengel kam in mein Zimmer und schmeichelte mir. Seine Worte waren eine himmlische Musik, die mich von meinen Qualen erlöste. Er wollte mir eben ein großes magisches Geheimnis anvertrauen, als ein kurzer Lärm draußen im Treppenflur mich geweckt hat. Als es still wurde, bin ich wieder eingeschlafen, in der Hoffnung, den Traum fortsetzen zu können. Ich habe ihn nicht wiedergefunden. Diese Enttäuschung läßt mich in einem Maße verzweifeln, wie ich es gar nicht verstehen kann. Wie soll ich die Schönheit dieses Engels, der vom byzantinischen Geschlecht war, beschreiben, die Wärme, die uns sogleich vereint hat, den Rausch, in den mich seine sanfte Stimme und seine erlösenden Worte versetzten? Und nun werde ich ihn nie wieder sehen oder hören. Wie grausam sind doch die Träume, die uns einen kurzen Blick auf ein Wunder gestatten, nur um es uns dann um so sicherer wieder zu entziehen!

Françoise war sprachlos.

– Vorgestern, fuhr Hazel fort, haben Sie einen Spaziergang vorgeschlagen, und ich habe hartnäckig abgelehnt. Heute wäre ich einverstanden. Daß ich von einem Seraph träumen mußte, wo doch heute abend der Kapitän kommt... Ich muß mich ablenken. Egal, was mich dort schreckt.

– Gehen wir gleich! frohlockte die Pflegerin, die ihr keine Zeit lassen wollte, sich anders zu besinnen.

Sie nahm sie bei der Hand und zog sie hinaus. Die Schergen reagierten zu spät. Hazel sollte von der Gefangenschaft ihrer Pflegerin nichts wissen; also konnte man sie nicht offen hindern, das Haus zu verlassen.

Vor Freude überschnappend schrie Françoise:

– Endlich allein! Endlich frei!

– Frei wovon? fragte das Mädchen und zuckte die Achseln.

Die Männer rannten in den Rauchsalon, um Loncours über das Vorgefallene zu berichten. Der Kapitän, dem von dem Gespräch der beiden jungen Frauen kein Wort entgangen war, wußte schon Bescheid.

– Verschwinden Sie! Lassen Sie mich in Ruhe! sagte er in einem seltsamen Ton.

Durch ein Fenster konnte er die beiden Freundinnen nicht sehen, denn das Haus war so gebaut, daß es nirgendwo eine Aussicht gewährte. Er ging also vor die Tür des Hauses und beobachtete sie von weitem.

Tränen des Zorns traten ihm in die Augen.

– Ich muß Ihnen etwas Unglaubliches gestehen, Hazel, begann Françoise.

– Was denn?

Sie befanden sich genau an der Stelle, wo Adèle Langlais vor zwanzig Jahren ins Wasser gegangen war.

Françoise setzte zum Sprechen an, als ein leiser Schauder sie zurückhielt.

Dort hinten stand der Alte und brüllte Worte in den Wind, die wie Funken davonstoben:

– Idiotin! Diese stupide Schwester wird jetzt mit zwei Sätzen alles zertrümmern, was ich in dreißig Jahren aufgebaut habe! Wenn ich mir vorstelle, daß all meine Liebe und mein Streben durch ein paar Worte aus dem Mund einer Schwachsinnigen zunichte werden können! Sie ist die

Schlange, die zu meiner Eva spricht. Wie kann etwas so Dummes wie die Sprache die Macht haben, das Paradies zu zerstören?

– Was ist, Françoise? Sie sagen ja nichts.

Es war das erste Mal, daß die Schwester ihre Patientin bei echtem, vollem Tageslicht sah. Im Haus herrschte immer ein Halbdunkel. Endlich aus den Schatten aufgetaucht, strahlte das Gesicht des Mädchens in seiner ganzen skandalösen Schönheit. Der Anblick solchen Glanzes war fast unerträglich.

So geblendet änderte Mademoiselle Chavaigne ihre Pläne von Grund auf.

– Ich wollte Ihnen sagen, Sie wissen gar nicht, was Sie für ein Glück haben, Hazel. Mortes-Frontières wäre das Paradies auf Erden, wenn der Kapitän nicht wäre. Es ist doch ein Glück, vom Rest der Menschheit isoliert zu sein.

– Besonders, wenn man so häßlich ist wie ich.

– Nicht nur dann. Ich würde gern mit Ihnen hier leben.

– Das wäre das schönste Geburtstagsgeschenk, das Sie mir machen können.

Von weitem sah Loncours seine Pflegetochter begeistert die Arme heben. »Alles ist verloren. Jetzt weiß sie es«, dachte er.

Die Welt brauchte ihn nicht mehr. Er hatte den Eindruck, daß das Schiff seines Lebens ankerlos davontrieb. Wie in einem Traum, von dem man nicht sagen kann, ob er schön oder schrecklich ist, ging er zu den beiden Frauen. Es war Ende März, aber der Tag hatte noch das reine Winterlicht der Meeresküste. Lag es an diesem bleiernen Glanz, daß ihm die Silhouetten der zwei Frauen so weit entfernt vorkamen?

Er ging und ging, als würde er nie ankommen. Er gedachte der Worte eines äthiopischen Weisen, dem er vor vierzig Jahren in einem afrikanischen Hafen begegnet war: »Für die Liebe muß man gut zu Fuß sein.« Endlich verstand er, wie vollkommen wahr dieser Satz war.

Er ging zu seiner Geliebten, und jeder Schritt erschöpfte ihn wie eine metaphysische Kraftprobe. Gehen hieß den Fuß heben, sich fallen lassen und im letzten Moment wieder auffangen: »Wenn ich bei ihr bin, fange ich mich nicht wieder auf, ich lasse mich fallen.« Eine unsägliche Angst beklemmte ihm die Brust.

– Da kommt der Kapitän! sagte die Pflegerin.

– Was hat er nur? Er taumelt, wie wenn er krank wäre.

Als er vor den beiden jungen Frauen stand, sah er Hazels strahlendes Gesicht.

– Sie haben es ihr gesagt…? fragte er Françoise.

– Ja, log sie.

Loncours wandte den Kopf zu dem verständnislos dreinschauenden Mädchen hin.

– Nimm es mir nicht übel! Versuche zu verstehen, wenn es auch unverzeihlich ist! Und vergiß nicht, daß ich dich liebe wie niemanden sonst!

Dann lief er zur Spitze des Felsenpfeils, zu der Stelle, wo Adèle sich umgebracht hatte, und stürzte sich ins Meer.

Sich von den Wellen verschlingen zu lassen, kostet den guten Schwimmer, selbst wenn er schon siebenundsiebzig ist, eher eine geistige als eine körperliche Anstrengung.

»Nicht schwimmen. Arme und Beine nicht bewegen. Die Nase nicht über Wasser strecken. Den Hunger bezähmen, der Fortdauer will, den dummen Überlebenstrieb. Adèle, endlich weiß auch ich, was du weißt. Seit zwanzig Jahren ist keine Nacht vergangen, in der ich nicht an deinen Tod gedacht hätte. Ich habe mich gefragt, wie es überhaupt möglich ist zu ertrinken, wie das Wasser, der Urfreund aller Lebewesen, uns töten kann. Wie konnte ein Körper, so leicht wie deiner, schwerer werden als diese gewaltige Menge Flüssigkeit? Jetzt erkenne ich die Logik in der Wahl dieses Ausgangs. Das Wasser und die Liebe sind die Wiege allen Lebens: Nichts ist fruchtbarer. Vor Liebe sterben oder im Wasser oder, besser noch, beides zugleich, heißt die Schleife zubinden, heißt die Eingangstür als Ausgang benutzen. So tötet man sich durch das Leben selbst.«

Hazel schrie auf. Françoise hielt sie mit beiden Händen zurück.

Der Kopf des Alten hob sich nicht ein einziges Mal über Wasser.

– Er ist tot, sagte das Mädchen tonlos nach einer Weile.

– Natürlich. Er war kein Amphibium.

– Es war Selbstmord! entrüstete sich Hazel.

– Gut beobachtet.

Die Kleine fing an zu schluchzen.

– Schon gut, schon gut! Die Zeit war um für den Alten.

– Ich hab ihn geliebt!

– Übertreiben Sie nicht! Der Gedanke, daß er Sie heute abend anrühren würde, hat Sie ganz krank gemacht.

– Trotzdem hab ich ihn geliebt!

– Na gut. Sehr schön, Sie haben ihn geliebt. Nichtsdestoweniger ist es normal, daß er vor Ihnen stirbt, schon wegen des Altersunterschieds.

– Meine Güte, Sie freuen sich ja!

– Ihnen kann man nichts verbergen.

– Sie haben ihn gehaßt?

– Ja. Sein Selbstmord ist das schönste Geburtstagsgeschenk.

– Aber warum hat er sich nur umgebracht?

– Wie soll man wissen, was alten Leuten so durch den Kopf geht, sagte Françoise und lächelte im Gedanken an das gelungene perfekte Verbrechen.

– Und was er zu mir noch gesagt hat, bevor er sich ins Wasser stürzte – ob er seine Tat damit erklären wollte?

– Sicherlich, log die Ältere. Die Leute, die sich umbringen wollen, haben immer ein Bedürfnis, sich zur rechtfertigen – als ob das interessant wäre!

– Was sind Sie hart und zynisch! Dieser Mann war mein Wohltäter.

– Ein Wohltäter, der seinen Schützling weidlich ausgenützt hat.

– Ausgenützt? Sie scheinen zu vergessen, daß ich verunstaltet bin.

– Unmöglich, das zu vergessen. Aber an Ihre Häßlichkeit kann man sich gewöhnen, sagte die junge Frau und betrachtete Hazels herrliches Gesicht.

Sie kehrten ins Haus zurück, die eine in Tränen, die andere voll Freude, ihren Feind mit Hilfe eines gut inszenierten Mißverständnisses getötet zu haben.

Während das Mädchen auf dem Bett lag und weinte,

zog die Mörderin ihre Erkundigungen ein. Loncours' Geschäfte lagen in den Händen des Notars in Tanches. Von ihm erfuhr sie am Telefon, daß der Kapitän sie als Testamentsvollstreckerin eingesetzt hatte und daß die Kleine die Alleinerbin war.

»Er war doch ein musterhafter Erblasser«, dachte Mademoiselle Chavaigne.

Als alle langweiligen Formalitäten erledigt waren, erkundigte sich die Pflegerin nach den Wünschen des Mädchens.

– Sie sind im Besitz eines gewaltigen Vermögens. Was gedenken Sie zu tun?

– Ich bleibe auf Mortes-Frontières, um mein abscheuliches Gesicht verborgen zu halten.

– Kurz vor dem Tod des Kapitäns sagte ich zu Ihnen, daß ich gern mit Ihnen hier leben würde. Gestatten Sie es mir auch jetzt noch?

Hazels Gesicht strahlte.

– Ich wagte es kaum mehr zu hoffen. Das ist mein innigster Wunsch.

– Sie machen mich überglücklich.

– Aber kann ich ein solches Opfer denn annehmen? Sie sind so schön, Sie könnten sich doch in der Welt sehen lassen.

– Dazu habe ich überhaupt keine Lust.

– Wie ist das möglich?

Statt zu antworten, schloß Françoise die Kleine in die Arme.

– Sie sind viel interessanter als die Welt, sagte sie zu ihr.

Es war ein Staatsstreich mit Samthandschuhen. Mademoiselle Chavaigne entließ niemanden: Die Schergen konnten schließlich immer noch zu irgendwas gut sein, und sei es nur dazu, das überschüssige Geld loszuwerden, für das man auf der Insel keine Verwendung hatte. Jacqueline und der Majordomus versahen wie gewohnt ihre kulinarischen und häuslichen Pflichten.

Françoise räumte das Karmesinzimmer und richtete sich in dem des Kapitäns ein. Der kürzeste Weg zur Macht führt nicht selten durch ein Gefängnis. Niemand dachte daran, ihr die Herrschaft streitig zu machen.

Manchmal fuhr sie nach Nœud, wo die meisten Leute sie für Loncours' Witwe hielten. Dort kaufte sie seltene und kostbare Bücher, Blumen und Parfüms. Zwei Schergen begleiteten sie und trugen ihr das Gepäck.

Niemals versäumte sie es, der Apotheke einen Besuch abzustatten und ihren Denunzianten zu demütigen. Jedesmal verlangte sie ein Thermometer von ihm – »als Andenken an die gute alte Zeit«, sagte sie mit gewinnendem Lächeln. Dem Apotheker fiel es nicht leicht, die Haltung zu bewahren.

Nach Mortes-Frontières zurückgekehrt, ging sie in Hazels Zimmer und brachte ihr weiße Lilien und andere Köstlichkeiten, die sie für sie ausgesucht hatte. Das Mädchen jubelte. Seit die Pflegerin die Stelle ihres Pflegevaters einnahm, war die ehemalige Pflegetochter im siebenten Himmel.

– Was macht es schon, daß ich häßlich bin? sagte sie immer wieder zu der jungen Frau. Schönheit hätte mir nie zu einem glücklicheren Leben verholfen, als ich es mit Ihnen habe.

In Wahrheit wurde sie von Tag zu Tag schöner, zur höchsten Wonne der Betrachterin.

Zwanzig Jahre später gab es einen Krieg. Die Bewohner von Mortes-Frontières merkten wenig davon, und noch weniger kümmerte es sie. Als die Alliierten nicht weit von ihrer Insel landeten, schimpfte man ein bißchen:

– Wenn das nur schnell vorübergeht! Was machen diese Leute für einen Krach!

Am 2. März 1973 setzte sich Mademoiselle Chavaigne ans Bett von Mademoiselle Englert und sagte:

– Heute ist es ganz genau fünfzig Jahre her, daß ich Ihnen begegnet bin.

– Ist das die Möglichkeit?

– Nun ja. Ganz so jung sind wir nicht mehr.

Sie lachten laut auf. Sie gingen alle Köchinnen durch, die sie im Lauf der Jahre »verschlissen« hatten: Jacqueline, dann Odette, dann Berthe, dann Mariette, dann Thérèse. Jeder Vorname löste eine neue Lachsalve aus.

– Ist Ihnen aufgefallen? sagte die Ältere schließlich. Keine hat es länger als zehn Jahre ausgehalten.

– Essen wir denn so viel? keuchte die Jüngere. Oder sind wir wirklich zwei Ungeheuer?

– Ich jedenfalls bin eines.

– Sie? Ach was, Françoise, Sie sind eine Heilige! Sie haben Ihr ganzes Leben für mich geopfert. Wenn es ein Paradies gibt, stehen Ihnen die Pforten schon weit offen.

Schweigen trat ein. Die ehemalige Pflegerin setzte ein sonderbares Lächeln auf. Dann sagte sie:

– Jetzt, Hazel, kann ich es Ihnen wohl sagen.

Und sie erzählte ihr alles, von dem Brand in Guadeloupe an.

Hazel war wie versteinert. Statt eines Trostes sagte die andere zu ihr:

– Grämen Sie sich nicht! Um das, was von Ihrem Gesicht heute noch bleibt.

– Sagen Sie… sagen Sie mir, wie ich war?

– Unbeschreiblich! So herrlich waren Sie, daß ich mich meines Verbrechens keine Sekunde lang geschämt habe. Wenigstens so viel müssen Sie wissen: Noch nie wurde von einer Schönheit so wenig vergeudet wie von der Ihren. Dank unserer glückseligen Abgeschiedenheit ist mir kein Quadratzentimeter von Ihrem Gesicht entgangen.

Lange schwiegen sie. Die weniger alte der beiden alten Damen schien in Gedanken versunken.

– Sind Sie mir sehr böse? fragte die Ältere.

Hazel wandte der Freundin ihren wundersamen Blick zu.

– Im Gegenteil. Hätten Sie mir dies schon vor fünfzig Jahren verraten, so hätte ich der Versuchung nicht widerstanden, mich aller Welt zu zeigen, und ohne Zweifel wäre ich dann nicht in so gute Hände wie die Ihren gefallen. Ich hätte die tausend Leiden kennengelernt, die die Menschen und die Zeit der Schönheit zufügen. Niemals hätte ich das idyllische Dasein gekannt, das Sie mir gegönnt haben.

– Sie haben es mir geschenkt. Das Geld gehört Ihnen.

– Es hätte nicht besser angelegt werden können.

– Alles in allem sind Sie mir dankbar?

– Man könnte fast denken, das enttäuscht Sie.

– Wollen Sie leugnen, daß ich ein Ungeheuer bin?

– Gewiß nicht. Aber was kann einem schönen jungen Mädchen Besseres passieren, als an ein Ungeheuer zu geraten?

Françoise lächelte. Hinter ihrem Rücken hielt sie eine weiße Lilie verborgen. Sie reichte sie Hazel.

Amélie Nothomb im Diogenes Verlag

Die Reinheit des Mörders

Roman. Aus dem Französischen von Wolfgang Krege

Prétextat Tach, dreiundachtzigjährig und Nobelpreisträger für Literatur, hat laut Aussage der Ärzte nur noch zwei Monate zu leben. Als dies bekannt wird, bemühen sich Medienleute aus der ganzen Welt um ein Interview. Fünf Journalisten dürfen bei ihm vorsprechen, doch dann nimmt der Schriftsteller sie seinerseits in ein atemberaubendes Verhör.

»Ein intellektueller Schlagabtausch zwischen einem monströsen Zyniker und Frauenhasser und einer gescheiten Frau. Beide treiben die Frage nach dem Sinn des Daseins, der Liebe und der Literatur bis zum Äußersten.« *Brigitte, Hamburg*

Liebessabotage

Roman. Deutsch von Wolfgang Krege

In keinem Geschichtsbuch der Welt wird er erwähnt: der Weltkrieg, der von 1972 bis 1975 in San Li Tun, dem Diplomatenghetto von Peking, tobte. Und doch hat er stattgefunden. Während sich Diplomateneltern aus aller Welt um internationalen Frieden bemühen, spielen ihre Kinder Krieg – aus Langeweile. Bis die siebenjährige Heldin der wunderschönen Elena begegnet und sich unsterblich verliebt. Durch die zehnjährige Italienerin eröffnet sich ihr ein neuer Kriegsschauplatz. Elena wird ihr trojanischer Krieg, ihre Liebessabotage.

»Wie schon ihr erstes Buch brillant formuliert.«
Marie Claire, München

»Ein wunderbar komischer Roman, unbarmherzig und doch voller Humor, von der manchmal grausamen Zärtlichkeit der Kinder.«
Cosmopolitan, München

Der Professor

Roman. Deutsch von Wolfgang Krege

Die alten Eheleute Hazel sehnen sich nach einem friedlichen Lebensabend auf dem Land. Als sie ihr kleines Traumhaus beziehen, dürfte ihrem Glück eigentlich nichts mehr im Wege stehen. Doch dann lernen sie ihren Nachbarn kennen.
Ein Psychothriller, der Alptraum, Endzeitstimmung und schlagfertigen Witz zu einem atemberaubenden Lesegenuß vereint.

»Ein vollendet komponiertes Meisterwerk. Es beginnt wie eine Zeichnung von Sempé, es geht weiter wie ein Roman von Stephen King, um schließlich zu enden wie ein Stück von Beckett.«
Pierre Assouline / Lire, Paris

Mit Staunen und Zittern

Roman. Deutsch von Wolfgang Krege

Sie hat es sich selbst eingebrockt: Aus Übermut und Neugier hat Amélie eine Stelle beim japanischen Unternehmen Yumimoto angenommen. Dort lernt sie zwar nichts in Sachen Buchhaltung, dafür wird ihr ein Crash-Kurs in Sachen Hierarchie erteilt. Eines ist von Anfang an klar: Eine Frau, zumal eine aus Europa, kann nur ganz unten einsteigen. Und noch tiefer fallen.

»Mit Klarsicht, Humor und mit furchterregender Intelligenz entlarvt diese talentierte Autorin die Absurdität unseres Wirtschaftssystems. Ein Leckerbissen!«
Le Monde, Paris

Stendhal im Diogenes Verlag

»Nun geschieht es, daß dieser die Wirklichkeit mißachtende und in seine Logik verrannte Psychologe durch die rein geistige Spekulation zu Wahrheiten gelangt, wie sie nie vor ihm ein Romanschriftsteller gewagt hat.« *Emile Zola*

»Die Entwicklung der Gesellschaft hat Balzac recht gegeben, die neue Psychologie Stendhal. Balzacs Weltrevision hat die moderne Zeit vorausgeahnt, Stendhals Intuition den modernen Menschen.
Unzählig die Spuren und Wege, die Stendhal mit seinem abseitigen Experimentieren der Literatur eröffnete: Dostojewskijs Raskolnikow wäre undenkbar ohne seinen Julien, Tolstois Schlacht bei Borodino ohne das klassische Vorbild jener ersten wirklichkeitsechten Darstellung von Waterloo, und an wenig Menschen hat sich Nietzsches ungestüme Denkfreude so völlig erfrischt wie an seinen Worten und Werken.«
Stefan Zweig

Über die Liebe
Essay. Aus dem Französischen von Franz Hessel. Mit Fragmenten, einem Anhang aus dem Nachlaß des Autors und einer Anmerkung von Franz Blei

Armance
Einige Szenen aus einem Pariser Salon um das Jahr 1827. Roman. Deutsch von A. Elsaesser. Anmerkung von Franz Blei

Rot und Schwarz
Eine Chronik des 19. Jahrhunderts. Deutsch von Rudolf Lewy. Mit einer Anmerkung von Franz Blei und einem Nachwort von Heinrich Mann

Lucian Leuwen
Romanfragment. Deutsch von Joachim von der Goltz. Mit einer Anmerkung von Franz Blei

Leben des Henri Brulard
Autobiographie. Deutsch von Adolf Schirmer. Mit Nachwort, Anmerkungen sowie Namen- und Sachverzeichnis von Wilhelm Weigand

Die Kartause von Parma
Roman. Deutsch von Erwin Rieger. Mit einem Nachwort von Franz Blei

Amiele
Romanfragment. Deutsch von Arthur Schurig. Mit Fragmenten und Aufzeichnungen aus dem Nachlaß des Autors sowie einem Nachwort von Stefan Zweig

Meistererzählungen
Mit einem Nachwort von Maurice Bardèche

Gustave Flaubert im Diogenes Verlag

»Die Geschichte der menschlichen Intelligenz und ihrer Schwäche, die große Ironie eines Denkers, der unaufhörlich und in allem die ewige und allgemeine Dummheit feststellt. Glaubenssätze, die Jahrhunderte bestanden haben, werden in zehn Zeilen auseinandergesetzt, entwickelt und durch die Gegenüberstellung mit andern Glaubenssätzen vernichtet, die ebenso knapp und lebhaft dargelegt und zerstört werden. Es ist der Babelturm der Kenntnisse, wo alle die verschiedenen, entgegengesetzten und doch unbedingten Lehrsätze und alle in ihrer Sprache die Ohnmacht der Anstrengungen, die Eitelkeit der Behauptungen und immer das ewige Elend alles Seins nachweisen.«
Guy de Maupassant

Jugendwerke
Erste Erzählungen. Herausgegeben, aus dem Französischen und mit einem Nachwort von Traugott König

November
Erinnerungen, Aufzeichnungen und innerste Gedanken/Memoiren eines Irren. Zweiter Band der Jugendwerke. Herausgegeben, übersetzt und mit einem Nachwort von Traugott König

Briefe
Herausgegeben, kommentiert und übersetzt von Helmut Scheffel

Die Versuchung des heiligen Antonius
Deutsch von Felix Paul Greve

Madame Bovary
Sitten der Provinz. Roman. Deutsch von René Schickele und Irene Riesen. Nachwort von Heinrich Mann

Salammbô
Kampf um Karthago. Deutsch von Friedrich von Oppeln-Bronikowski

Drei Geschichten
Ein schlichtes Herz. Die Legende von Sankt Julian dem Gastfreien. Herodias. Deutsch von E.W. Fischer

Bouvard und Pécuchet
Roman. Vom Mangel an Methode in den Wissenschaften. Deutsch von Erich Marx

Reisetagebuch aus Ägypten
Deutsch von E.W. Fischer. Mit einem Nachwort von Wolfgang Koeppen

Die Erziehung des Herzens
Geschichte eines jungen Mannes. Deutsch von Emil A. Rheinhardt. Mit den Rezensionen von Jules Barbey d'Aurevilly, George Sand und Émile Zola sowie einem Glossar im Anhang

Anton Čechov im Diogenes Verlag

»Er hat seine Erzählungen mit vollkommener Kunstfertigkeit gestaltet: *Die Bauern* zum Beispiel sind ebenso vollkommen wie Flauberts *Madame Bovary*. Er bemühte sich, einfach, klar und knapp zu schreiben. Seine drastischste Forderung war, daß der Schriftsteller Anfang und Ende seiner Erzählung weglassen sollte. Er selbst hat das getan, und zwar so rigoros, daß seine Freunde sagten, man solle ihm die Manuskripte wegschnappen, bevor er die Möglichkeit habe, sie zu verstümmeln: ›Sonst beschränken sich am Ende die Erzählungen darauf, daß sie jung waren, sich verliebten, heirateten und unglücklich wurden.‹ Als man das Čechov erzählte, sagte er: ›Aber so ist es doch tatsächlich.‹« *W. Somerset Maugham*

»Welche Schriftsteller mich als jungen Menschen beeinflußt haben? Čechov! Als Dramatiker? Čechov! Als Erzähler? Čechov!« *Tennessee Williams*

● **Das dramatische Werk**
Neu übersetzt, transkribiert und herausgegeben von Peter Urban. Jeder Band bringt den unzensurierten Text mit sämtlichen Varianten und Lesearten, Auszüge aus Čechovs Notizbüchern, Anmerkungen und einen editorischen Bericht

Der Kirschgarten
Komödie in vier Akten

Der Waldschrat
Komödie in vier Akten

Die Möwe
Komödie in vier Akten

Onkel Vanja
Szenen aus dem Landleben in vier Akten

Ivanov
Drama in vier Akten

Drei Schwestern
Drama in vier Akten

Die Vaterlosen
[Platonov]. Das ›Stück ohne Titel‹

Sämtliche Einakter

● **Das erzählende Werk**
Deutsch von Gerhard Dick, Wolf Düwel, Ada Knipper, Georg Schwarz, Hertha von Schulz und Michael Pfeiffer. Gesamtredaktion, Anmerkungen und Nachweise von Peter Urban

Ein unbedeutender Mensch
Erzählungen 1883–1885

Gespräch eines Betrunkenen mit einem nüchternen Teufel
Erzählungen 1886

Die Steppe
Erzählungen 1887–1888

Flattergeist
Erzählungen 1888–1892

Rothschilds Geige
Erzählungen 1893–1896

Die Dame mit dem Hündchen
Erzählungen 1897–1903

Eine langweilige Geschichte/ Das Duell
Kleine Romane I

Krankenzimmer Nr. 6/ Erzählung eines Unbekannten
Kleine Romane II

Drei Jahre/Mein Leben
Kleine Romane III

Die Insel Sachalin
Reisebericht

Ein unnötiger Sieg
Frühe Novellen und Kleine Romane. Deutsch von Beate Rausch und Peter Urban. Herausgegeben, mit Anmerkungen und einem Nachwort von Peter Urban

Das Drama auf der Jagd
Eine wahre Begebenheit. Neu übersetzt von Peter Urban

Die Dame mit dem Hündchen/Herzchen
Zwei Erzählungen

Meistererzählungen
Ausgewählt von Franz Sutter

● Gesammelte Humoresken und Satiren
in zwei Bänden. Übersetzt und herausgegeben von Peter Urban

Das Leben in Fragen und Ausrufen
Humoresken und Satiren 1880–1884

Aus den Erinnerungen eines Idealisten
Humoresken und Satiren 1885–1892

● Briefe
in 5 Bänden. Die größte nicht-russische Briefausgabe in der Neuübersetzung und -edition von Peter Urban. Jeder Band enthält Faksimiles, einen umfangreichen Anhang mit editorischem Bericht, Anmerkungen und einer Chronik; im letzten Band zusätzlich ein Personen- und Werkregister

● Tagebücher, Notizbücher
Herausgegeben und vollständig neu übersetzt von Peter Urban. Mit Vorwort, editorischem Bericht, ausführlichen Anmerkungen und Personenregister

● Čechov-Chronik
Leben und Werk von Anton Čechov
Herausgegeben von Peter Urban. Der Anhang bringt ein Nachwort, das Inhaltsverzeichnis der ersten russischen Gesamtausgabe und eine Bibliographie aller deutschen Übersetzungen

● Anton Čechov Sein Leben in Bildern
Herausgegeben von Peter Urban. Mit 739 Abbildungen, einem Anhang mit Daten zu Leben und Werk und einem Personenregister

● Freiheit von Gewalt und Lüge
Gedanken über Aufklärung, Fortschritt, Kunst, Liebe, Müßiggang und Politik. Zusammengestellt von Peter Urban. Mit fünf Porträts und einer Selbstkarikatur von Doktor Čechov

● Das Čechov Lesebuch
Herausgegeben, kommentiert und mit einem Vorwort von Peter Urban

● Über Čechov
Herausgegeben von Peter Urban

● Wie soll man leben?
Anton Čechov liest Marc Aurel
Herausgegeben, übersetzt und mit einem Vorwort von Peter Urban

Vercors

Das Schweigen des Meeres

Erzählung. Aus dem Französischen von Karin Krieger. Mit einem Essay von Ludwig Harig und einem Nachwort von Yves Beigbeder und einer Zeittafel

Das Schweigen des Meeres erschien 1942 als erster Titel des legendären Untergrundverlags Editions de Minuit. Die Erzählung wurde zu einem maßgeblichen Werk der französischen Résistance und war in Deutschland nach dem Krieg in allen vier Besatzungszonen Pflichtlektüre an den Schulen.

Ein deutscher Offizier nimmt während der Besatzung in Frankreich bei einem alten Mann und seiner jungen Nichte Quartier. Während der Deutsche allabendlich seine große Verehrung für die französische Kultur kundtut und über die deutsch-französische Zukunft monologisiert, schweigen seine Quartiersgeber – wie das Meer. Bei einem kurzen Besuch in Paris wird dem Offizier der Zynismus der Politik Hitlers offenbar, und völlig desillusioniert beschließt er, sich an die Ostfront zu melden.

Für Ludwig Harig ist *Das Schweigen des Meeres* ein Schlüsselbuch zur deutschen Geschichte wie zu seinem eigenen Leben. Erstmals las er die Erzählung im Herbst 1949 während seines Aufenthalts am Collège Moderne in Lyon. In seinem poetischen Essay reflektiert er diese Zeit und versucht die Fragen zu beantworten, die das Buch in ihm evozierte. Ein notwendiger Gegenentwurf zu der gegenwärtig lautstark geführten Diskussion über die deutsche Vergangenheit.

»Eines der meistgelesenen Bücher seiner Zeit.«
Der Spiegel, Hamburg

»Ein literarisches Meisterwerk.« *Alfred Andersch*

Friedrich Dürrenmatt im Diogenes Verlag

● Das dramatische Werk

Es steht geschrieben / Der Blinde
Frühe Stücke. Mit der ersten Komödie ›Untergang und neues Leben‹, einem Fragment aus dem verschollenen Stück ›Thogarma‹ und ›Der Doppelgänger‹ im Anhang

Romulus der Große
Eine ungeschichtliche historische Komödie in vier Akten. Neufassung 1980. Mit der unvollendeten Komödie ›Kaiser und Eunuch‹

Die Ehe des Herrn Mississippi
Eine Komödie in zwei Teilen (Neufassung 1980) und ein Drehbuch

Ein Engel kommt nach Babylon
Eine fragmentarische Komödie in drei Akten. Neufassung 1980. Mit Fragmenten aus ›Der Turmbau zu Babel‹ und ›Der Uhrenmacher‹

Der Besuch der alten Dame
Eine tragische Komödie. Neufassung 1980

Frank der Fünfte
Komödie einer Privatbank. Mit Musik von Paul Burkhard. Neufassung 1980

Die Physiker
Eine Komödie in zwei Akten. Neufassung 1980

Herkules und der Stall des Augias / Der Prozeß um des Esels Schatten
Griechische Stücke. Zwei Hörspiele und eine Komödie, letztere in der Neufassung 1980

Der Meteor / Dichterdämmerung
Zwei Nobelpreisträgerstücke. ›Der Meteor‹ in der Wiener Fassung 1978, ›Dichterdämmerung‹ ist die 1980 dramatisierte Form von ›Abendstunde im Spätherbst‹

Die Wiedertäufer
Eine Komödie in zwei Teilen. Urfassung 1967 (Komödienfassung des ersten Dramas ›Es steht geschrieben‹)

König Johann / Titus Andronicus
Shakespeare-Umarbeitungen

Play Strindberg / Porträt eines Planeten
Übungsstücke für Schauspieler

Urfaust / Woyzeck
Zwei Bearbeitungen

Der Mitmacher
Ein Komplex. Text der Komödie (Neufassung 1980), Dramaturgie, Erfahrungen, Berichte, Erzählungen

Die Frist
Eine Komödie. Neufassung 1980

Die Panne
Hörspiel und Komödie

Nächtliches Gespräch mit einem verachteten Menschen / Stranitzky und der Nationalheld / Das Unternehmen der Wega
Hörspiele und Kabarett

Achterloo
Komödie. Mit einem Nachwort des Autors

F. Dürrenmatt & Charlotte Kerr
Rollenspiele
Protokoll einer fiktiven Inszenierung und ›Achterloo III‹. Mit 28 Zeichnungen von Friedrich Dürrenmatt

Midas
oder Die schwarze Leinwand

● Das Prosawerk

Aus den Papieren eines Wärters
Frühe Prosa

Der Richter und sein Henker
Kriminalroman. Studienausgabe mit zahlreichen Fotos aus dem Film und einem Anhang

Der Verdacht
Kriminalroman. Mit einer biographischen Skizze des Autors

Der Hund / Der Tunnel / Die Panne
Erzählungen

Die Panne
Eine noch mögliche Geschichte

Grieche sucht Griechin / Mr. X macht Ferien / Nachrichten über den Stand des Zeitungswesens in der Steinzeit
Grotesken

Das Versprechen / Aufenthalt in einer kleinen Stadt
Erzählungen

Das Versprechen
Requiem auf den Kriminalroman

Theater
Essays und Reden

Kritik
Kritiken und Zeichnungen

Literatur und Kunst
Essays, Gedichte und Reden

Philosophie und Naturwissenschaft
Essays, Gedichte und Reden

Politik
Essays, Gedichte und Reden

Der Sturz
Erzählungen: ›Der Sturz‹ / ›Abu Chanifa und Anan Ben David‹ / ›Smithy‹ / ›Das Sterben der Pythia‹

Zusammenhänge
›Essay über Israel‹ /
Nachgedanken
unter anderem über Freiheit, Gleichheit und Brüderlichkeit in Judentum, Christentum, Islam und Marxismus und über zwei alte Mythen

Labyrinth
Stoffe I–III: ›Der Winterkrieg in Tibet‹ / ›Mondfinsternis‹ / ›Der Rebell‹. Vom Autor revidierte Neuausgabe

Minotaurus
Eine Ballade. Mit Zeichnungen des Autors

Justiz
Roman

Der Auftrag
oder Vom Beobachten des Beobachters der Beobachter. Novelle in vierundzwanzig Sätzen

Versuche
Essays und Reden

Denkanstöße
Ausgewählt und zusammengestellt von Daniel Keel. Mit sieben Zeichnungen des Dichters

Durcheinandertal
Roman

Turmbau
Stoffe IV–IX: ›Begegnungen‹ / ›Querfahrt‹ / ›Die Brücke‹ / ›Das Haus‹ / ›Vinter‹ / ›Das Hirn‹

Gedankenfuge

Das Mögliche ist ungeheuer
Ausgewählte Gedichte. Mit einem Nachwort von Peter Rüedi

Der Pensionierte
Fragment eines Kriminalromans. Text der Fassung letzter Hand. Faksimile des Manuskripts. Faksimile des Typoskripts mit handschriftlichen Änderungen. Mit einem Nachwort von Peter Rüedi und einem editorischen Bericht

Die Schweiz – ein Gefängnis
Rede auf Václav Havel. Mit einem Gespräch des Autors mit Michael Haller sowie einer Rede von Bundesrat Adolf Ogi

Der Pensionierte
Fragment eines Kriminalromans. Mit einem möglichen Schluß von Urs Widmer und einem Nachwort von Peter Rüedi

Der Gedankenschlosser
Über Gott und die Welt. Ausgewählt und zusammengestellt von Daniel Keel und Anna von Planta

Das Dürrenmatt Lesebuch
Herausgegeben von Daniel Keel. Mit einem Nachwort von Heinz Ludwig Arnold

Meistererzählungen
Mit einem Nachwort von Reinhardt Stumm

● Das zeichnerische Werk

Die Heimat im Plakat
Ein Buch für Schweizer Kinder

Die Mansarde
Die Wandbilder aus der Berner Laubeggstraße. 24 Abbildungen mit Texten von Friedrich Dürrenmatt. Mit einem Essay von Ludmila Vachtova

● Gespräche

Gespräche 1961 – 1990
4 Bände in Kassette. Band 1: Der Klassiker auf der Bühne 1961–1970. Band 2: Die Entdeckung des Erzählens 1971–1980. Band 3: Im Bann der ›Stoffe‹ 1981–1987. Band 4: Dramaturgie des Denkens 1988–1990. Herausgegeben von Heinz Ludwig Arnold. In Zusammenarbeit mit Anna von Planta und Jan Strümpel

● Über Dürrenmatt

Elisabeth Brock-Sulzer
Friedrich Dürrenmatt
Stationen seines Werkes. Mit Fotos, Zeichnungen, Faksimiles

Über Friedrich Dürrenmatt
Essays, Zeugnisse und Rezensionen von Gottfried Benn bis Saul Bellow. Mit Chronik und Bibliographie. Herausgegeben von Daniel Keel. Verbesserte und erweiterte Ausgabe

Herkules und Atlas
Lobreden und andere Versuche über Friedrich Dürrenmatt. Herausgegeben von Daniel Keel

Friedrich Dürrenmatt
Schriftsteller und Maler
Ein Bilder- und Lesebuch zu den Ausstellungen im Schweizerischen Literaturarchiv Bern und im Kunsthaus Zürich

play Dürrenmatt
Ein Lese- und Bilderbuch. Mit Texten von Friedrich Dürrenmatt, Hugo Loetscher, Peter Rüedi, Guido Bachmann u.a. sowie Handschriften, Zeichnungen und Fotos